潜入沙子的内心

迟云哲思诗选

山东人民出版社·济南
国家一级出版社 全国百佳图书出版单位

图书在版编目（CIP）数据

潜入沙子的内心：迟云哲思诗选/迟云著.--济南：山东人民出版社，2019.1
ISBN 978-7-209-11699-2

Ⅰ. ①潜… Ⅱ. ①迟… Ⅲ. ①诗集－中国－当代 Ⅳ. ①I227

中国版本图书馆CIP数据核字(2018)第210914号

潜入沙子的内心
——迟云哲思诗选
QIANRU SHAZI DE NEIXIN CHIYUN ZHESI SHIXUAN
迟云 著

主管部门 山东出版传媒股份有限公司
出版发行 山东人民出版社
出 版 人 胡长青
社　　址 济南市英雄山路165号
邮　　编 250002
电　　话 总编室（0531）82098914
　　　　 市场部（0531）82098027
网　　址 http://www.sd-book.com.cn
印　　装 山东临沂新华印刷物流集团有限责任公司
经　　销 新华书店

规　　格 32开（145mm×210mm）
印　　张 8.25
字　　数 80千字
版　　次 2019年1月第1版
印　　次 2019年1月第1次
ISBN 978-7-209-11699-2
定　　价 38.00元
如有印装质量问题，请与出版社总编室联系调换。

今夕复何夕　共此灯烛光

——《潜入沙子的内心——迟云哲思诗选》序

刘东方

丁酉年初秋，迟云君《潜入沙子的内心——迟云哲思诗选》编纂毕，嘱我为其写个小文，甚慰，亦惶然。

迟云君自20世纪80年代步入诗坛始，至今已有四十余载，期间焚膏油以继晷，恒兀兀以穷年，含英咀华，沉郁顿挫，作为锦绣。今爬罗剔抉，刮垢磨光，留存菁华，风格乍现，独树一帜。

所谓哲思诗，余理解为诗人将哲人之智慧与缪斯之艺术有机融合，将私人性对于时事人生人类内外宇宙等的“玄理”以理趣的诗意通过诗艺的形式加以呈现和表达。亚里士多德认为，“诗歌比历史更具有哲思性，因为诗歌涉及的是普遍性问题，而历史涉及的是特殊性的问题”。尼采眼中，哲学与诗歌原本两位一体，因为“哲学的智慧就像女人”，她只会青睐代表诗歌这个“富有活力、倜傥风流的男子”。海德格尔甚至说：“思就是诗，存在之思是诗的原初方式，一切诗歌由它生发。”此君心中，无论广义还是狭义之诗，从其根基视之均为“思”。哲思诗与哲理诗基本相似，若找区别，可能哲思诗之“思”更趋于私人性之思考和理解，较之后者更具烟火气，亦更接地气。哲思诗在古今中外诗歌史上不但源远流长且不乏佳作，如古代卢梅坡《雪梅》、杨万里《过松源晨炊漆公店》，现代鲁藜《泥土》、卞之琳《墙头草》，外国普希金《假如生活欺骗了你》、弗罗斯特《春潭》等。迟云君自翩翩少年时出道以来，其诗作就显示出浓郁的哲思质素，并于该轴线上不断强化之、深化之，《走上旅途》《行走　穿过思想的丛林》《一只眼睛睡了　一只眼睛醒着》三本诗集均如此，尽管其间有青春梦幻之多色和理想主义彩笛之奏鸣。正如张清华师所言：“我看重迟云的写作，因为他的写作中倾注了对行走这一姿态和过程的禅悟，充满了思的气质与冲动、充满了思的辩证与凝重。”今终以“哲思诗”集结亮相，并揭橥之，实为水到渠成，可喜可贺，因为迟云君终于亮出了自己的旗号和招牌。

《潜入沙子的内心——迟云哲思诗选》收诗一百一十八首，其经日月绵久，时势繁伙，余视之，其有数种妙处。迟云君哲思诗之意象集中且理蕴丰赡。诗人颇喜以“沙子”入诗，如《潜入沙子的内心》《沙子在任何时候都是沉默的》《集体的沙子个体的沙子》《过滤层的沙子》《一只眼睛睡了　一只眼睛醒着》《心中刮起真实的风》等，然自然界之沙子虽小渺，入诗之“沙子”却韵味十足，内蕴丰韵，可谓“此沙子非彼沙子也”。诗人以“沙子”意象表征个体在宏大力量前的无力感和无奈感，“我想到我是一粒沙子/沙子是不会有情绪表达的/沙子已经习惯了被有意无意地强暴/沙子在任何时候都是沉默的”(《沙子在任何时候都是沉默的》)。除此之外，还有“沙子”的抗争。因为不但集体形式的“沙子”可以产生粗暴的巨大力量，“当狂风肆虐/飞沙便如集体流动的子弹/呼啸着射向存续的生命/以覆盖的姿态/强暴安静平和的绿色”。作为个体形式的沙子也可以与外力的抗争，让人唏嘘的是“个体抗争的沙子”，即使是胜利，仍难逃脱被抛离的结局，“沙子们一旦脱离集体/它们便将无声无息/倘若被人带到鞋子里/它必定与脚板抗争/它是胜利者/也一定是出局者”。更为重要的是，“沙子”之意象可以传达出对世界和人生之哲理性认知。布莱克之著名哲理诗《天真之兆》，通过“沙子”体悟到了宇宙和世界之宏大，“从一粒沙看世界，从一朵花看天堂，把永恒纳进一个时辰，把无限握进自己手心。”在布莱克看来，“沙子”虽指空间之微末、存在之渺小，然微末与渺小，能连通“世界”与“天堂”。对于“沙子”，迟云亦与布莱克存有共同之认知。“风沙漫过/当摇动的树影趋于静止/阴霾的天空/便绽放出/湛蓝的亮色”(《心中刮起真实的风》)。“风沙”表层上视之似与风暴、阴霾相连，盖后而藏之为其可以在与“湛蓝的亮色”间生成和转换之哲理矣。由是观之，仅“沙子”之意象却有如此丰赡和繁复之意蕴(同类之意象还有“夜”等，兹不赘言)。此一妙也。

泰纳于《艺术哲学》中阐述，“诗人所看到所描绘的事物往往比别人所看到所描绘的色调更灰暗”，皆因“他们有着更为出色思维”。故而与丰赡哲思之意象相连乃诗人之理象思维模式，它乃为超越了一般哲理诗直观类比式的联想思维，上升到抽象层面之“物”与“知”，甚至形而上“知”与“知”层面的思维方式。在近期创作的《过滤层的沙子》中，诗人已经超越了惯用的由此及彼联想式之思维模式，直接进入哲思之形而上思维，“相信清者自清浊者自浊/信奉天地有道去浊取清/你靠着我/我靠着你/亲密无间，却/保持渗透的距离”。“清者自清”“浊者自浊”“天地有道”“去浊取清”均为人们所依存社会运行之理念性运行规则，也是诗人于诗中传达出的对于社会性过滤与淘汰法则的思量。“你靠着我，我靠着你，亲密无间，却保持渗透的距离”，则表达了保罗·萨特现代社会“公共的个人”式的人与人交互关系之哲学理念。“未曾拒绝过任何要求/未必就是习惯了逆来顺受/沙子们没有任何豪言壮语/沙子们只在静默中甄别选择/沙子的世界坚守自己的原则/让污浊留下/让清纯通过”，诗人此时已经抛却了一般哲理诗所谓的“远取喻”“近取喻”之类的技巧，直接甚至赤裸裸地、形而上地“呐喊”出了现代社会中与过滤层的沙子同样位置的人们的平凡、无奈、心酸，坚持、坚守的心声和理念，与以往《集体的沙子和个体的沙子》《沙子在任何时候都是沉默的》的胺沓绵覆相较，显得铿锵沉郁，刚劲挺拔。此另一妙也。

哲思诗最忌概念化，此易陷入理念阐释的泥淖，形成诗艺诗情之弱化，故而如何酌取二者之均衡，为哲思诗之首要，亦为判断其高下之不二法门。刘勰于《文心雕龙》曾提及诗歌情理“角力”之命题，“情者文之经，辞者理之纬。经正而后纬成，理定而后辞畅。”中国诗歌史上，情与理之二元模式乃为支撑诗歌创作之基本架构，哲思诗乃至所有诗大都历经从二者失衡到单向偏重及至贯通融合之途径，迟云君也不例外。正如他在《如果诗歌是一棵树》中所言，“如果诗歌是一棵树/它的幼年是蓬勃向上的/……如果诗歌是一棵树/沧桑的树干昭示出壮年的风骨”。当下，迟云君之哲思诗正处于壮年的成熟期，在理与情、理与艺之间已能游刃有余，得心应手。试看《经常被自己的影子惊扰》，“影子/每天都与你结伴同行/它没有痛感神经/也没有附体的魂灵”。诗人通过“结伴同行”“没有痛感神经”“没有附体的魂灵”，界定了“影子”意象的性质，随后“词理意兴”（严羽），“日月星辰的光芒/乃至斑斓的灯光与摇曳的烛照/都见证过影子的动与静/或正直坦荡/或苟且猥琐/永远在沉默又仿佛一直在诉说”，影子之两极形象昭然若揭。在此基础上，诗人传达出人们内心之中“影子”所承载的哲思，“夜深人静的时候/我经常听到自己心跳的声音/或紧张急促透着焦虑愤懑的气息/或自然平和释放出清风一枝的宁静/这时候影子如纠缠的雾与霾/形态诡异/一会儿是天使/一会儿是魔鬼”，所谓“天使”与“魔鬼”实乃为人性中之“善”与“恶”，“高尚”与“卑鄙”。可视为“入世”与“出世”，“行随心”与“心随行”亦可视为王朔笔下“一半海水，一半火焰”；可看作周作人心中的“叛徒”与“隐士”，亦可视为弗洛伊德之“本我”与“超我”。但无论如何，我等芸芸众生均不能摆脱自己内心中“影子”，“影子不善于伪装/已经习惯于变态与变形/低头环顾/人经常被自己的影子惊扰”。至此，诗歌巧妙地完成了情与理、诗与思间的架构，并使二者有机地融合与发酵，既脱离了有些哲思诗“为赋新词强说愁”之僵硬，又褪去了某些哲思诗溺志辞章之匠气。正如诗人自己言说，“我坚持对诗歌的认识，更强调诗歌属性中‘兴’”。另外，诗人之“兴”还表现在触事为诗、触事成理、触感成情，绝无无病呻吟和矫揉造作，诗集中很多诗都是如此，如《关于行走》《君主的气息》《品茶》《鲁迅雕像》《渴望南来北往的风穿堂而过》《不如意的状态》等，或发出无奈的一声叹息，或抒发激越哀厉之音，或愚智互形，或妍媸毕露，令人悲笑交作，此又一妙也。

综此三妙，余认为迟云君之哲思诗愈发老辣，如钱基博告诫新文学创作者时所希冀的那样，既不“执古”，也不“骛外”，诗人已经走出一条属于自己的哲思诗之“林中路”。在或过分迷恋西方“逻格斯”或口语毫无禁忌入诗之当下诗坛，迟君之诗显得既不时尚，又不放纵，但此为“另一类的诗”，正如诗人本人的气质一样，端庄厚重，心存济物，在质朴的表象下包裹着慧心，她可谓是“林中的响箭，冬末的萌芽”……诚然，迟君之哲思诗仍有较大的上升空间，正如诗人所希冀的那样，“如果诗歌是一棵树/老年以后/它潜藏的根系，远远超出/树冠覆盖的面积”(《如果诗歌是一棵树》)，言有尽而意无穷，这既是追求，又为方向。然无论如何，迟云君之哲理诗已在当代诗歌前行的黑夜里燃起了一盏哲思的灯火，她火树琪花，且已匣剑帷灯，我等期盼她能随着诗人的前行而愈加炽热和斑斓，并温暖和启迪更多的人。

是为序

丁酉年中秋前于青岛大学山海之间

目 录

潜入沙子的内心

无疑
声音传递思想与感情

一些人的声音
通过声道的震颤嘶喊出来
一些人的声音
经过肺腑的处理挤压出来

有的声音仅仅是一种声响
空洞肤浅苍白得如没有写字的纸张
甚至充满异味
仿佛刚刚逃离肛门的捆绑

最深沉的思想情感不通过声音传达
比如父亲的粗瓷碗盛满了期许与哀怨

比如一粒沉寂的沙子
经历过岩浆的迸裂喷发
经历过斗转星移的分裂风化
却始终不说一句话

我渴望听到天籁般的声音
我更愿意潜入一颗沙子的内心
细数它心灵上斑驳的纹痕
领悟曾经的炽热与风霜
然后
在孤独中磨平一切无意义的臆想

2014.04.05

沙子在任何时候都是沉默的

夏日的黄昏
在青江县海滨的沙滩
我挖了一个长坑把自己埋住
只留两个鼻孔呼吸空气
我想忘却世俗社会的酸腐与羁绊
变成一粒沙子
体验一粒沙子的平凡
感知一粒沙子的沧桑

一辆沙滩车轰响着开过来
一只车轮碾过我的脖子
一只车轮碾过我的小腿
我本能地跳将起来
想骂娘却没有发作
我想到我是一粒沙子

沙子是不会有情绪表达的
沙子已经习惯了被有意无意地强暴
沙子在任何时候都是沉默的

2014.03.04

集体的沙子个体的沙子

在沙漠
在戈壁
当狂风肆虐
飞沙便如集体流动的子弹
呼啸着射向存续的生命
以覆盖的姿态
强暴安静平和的绿色

在海滩
沙子们温存地依偎在一起
接受潮水的按摩与阳光的抚慰
孩子们在沙滩上嬉戏
情侣们在阳伞下调情
自由的脚印拷贝下永远的涛声

沙子们一旦脱离集体
它们便将无声无息
倘若被人带到鞋子里
它必定与脚板抗争
它是胜利者
也一定是出局者

2014.05.20

过滤层的沙子

每一粒沙子都独立存在
岩浆的迸裂和潮水的浸泡深藏于记忆
千万粒沙子拥挤在一起，它们
　形成了一个厚积的群体

依偎着
守望者
用平实的状态注释压抑中的期待
风刮过
天阴过
沙子始终在沉默中清醒着

相信清者自清浊者自浊
信奉天地有道去浊取清
你靠着我

我靠着你
亲密无间，却
保持渗透的距离

未曾拒绝过任何要求
未必就是习惯了逆来顺受
沙子们没有任何豪言壮语
沙子们只在静默中甄别选择
沙子的世界坚守自己的原则
让污浊留下
让清纯通过

2017.01.10

一只眼睛睡了　一只眼睛醒着

站在夜色的边沿
忧郁像露水一样凝结
凉风刮过
吹落一颗两颗星斗
诗人说
黑夜给了我黑色的眼睛
我却用它寻找光明

脱落的星斗坠入遥远的湖水里
湖水因而有了一个清澈明亮的名字
诗人却终究没有摆脱忧郁
他憧憬着光明却融入夜色
沉沦的姿态如蝙蝠的滑行

是第二次第三次失恋又重复了过去的悲伤

还是去年飘落的叶子今年又飘落了一次
当夜色覆盖
所有的疼与痛都有了麻醉的感觉

而猫头鹰在夜晚擦亮了眼睛
黄鼬在夜晚迈动灵巧的脚步
夜深人静的时候
当思想穿上黑色的衣袍游走
天地一片寥廓
心胸自由旷达

融入夜色
就像融入哲学
一只眼睛睡了
一只眼睛醒着

2013. 11. 12

淡定之人游走于阴阳两界

夜，极静的时候
独处的我
隐约之中
极易捕捉到死亡的影子

这时候
死亡并不是狰狞的模样
仿佛宁静的来客
与你一起体味生命的安详

人吃五谷杂粮
历经子丑寅卯
该生的时候生
该死的时候死
而在极静的子夜时分

死的状态接近于生
生的状态接近于死

日月依旧经天
江河依旧行地
这时候阴阳之鱼陷于混沌
纠结的仍然纠结
放下的释然放下
苦恼的人不能自拔
淡定之人游走于阴阳两界

极静
多么美好
灵魂可以出窍游走
思想可以在夜色里洗浴
生，活得朴素
死，走得平实

2013.11.29

看不出其前身是骆驼还是马匹

风吹沙响
地老天荒
当我们征服戈壁走进沙漠
世界愈加显得悲壮苍凉

地上偶尔会有一两具灰白色的尸骨
看不出其前身是骆驼还是马匹
它们如光秃的头颅上残留的几根白发
让流动的空气突然凝固

干旱的环境应当保留下木乃伊
这荒无人烟的地方却栖息着裸体的枯骨
四周找不到它们主人的信息
风沙掠过只发出呜咽的声音

它们是莽撞年少结伴走失
还是随商队远行意外倒下
谁都不知道它们是否记住了返程的路途
游荡的灵魂是否已经回归故里

此刻，我的心里突然打结
思忖是进抑或是退
仿佛看到后人在放大镜下聚焦
精心研究我同样灰白的基因

2014.03.10

君主的气息

毫无疑问
我感觉到了君主的气息

社会不再有帷幔华盖笼罩的王座
王宫却建在了一些人的心里
独裁与强权不经意间就君临现场
谦卑与恭顺不经意间就压弯脊梁
越接近权力的核心
就越接近君主的殿堂

在梦中我策马冲进王宫
挥动长枪叫阵宫廷
宫廷里毫不设防
用灯红酒绿羞辱我的理想
醒来惊讶于自己的无能
发现长枪竟是一柄短小的权杖

2010. 07. 18

我感到了大地的摇晃

又是夜深人静的时候
我感到了大地的摇晃
仿佛斟了五分之一的葡萄酒杯
在一只隐形的手里倾斜

东倒西歪的状态
诱发内心的恐惧
土地犹如漂浮的船体
被一阵一阵情绪的声音顶起

声音时强时弱
船体左倾右斜
情绪躁动不安
涌动波峰浪谷

尚没有眩晕
但我计算不出地震的强度和烈度
我听到了一片声音的鼎沸
嘈杂，但没有洪钟大吕的底气

夜深人静的时候
我感到了大地的晃动
我曾经认为这是梦境的延续
记忆却有了真实的硬度

2014.01.09

倾听雷声

山楂树在黑魆魆的窗外站立着
树叶在闷热的状态下发不出一丝声音
一切都笼罩在夜的帷帐里
空气如湿漉漉的油腻黏稠地堆积

远方有沉闷的雷声滚过
轰隆隆如磨盘底下发出的声音
雷声仿佛裹挟着满腔的压抑
传达出乾坤运行疲劳的喘息

雷声绵延
犹如来自茹毛饮血的远古
雷声讲述着世道变迁的故事
悲怆得让人郁闷窒息

我想象不出为什么灰暗的天空这么低
竟让雷声也不能响亮地穿透历史
难道天地之间还有更大的主宰
傲慢地掌控宇宙的运转

滞留在天上的雨水早晚要降落下来
隐匿在山野的风暴早晚要肆虐起来
隆隆的雷声是在孕育更大的闪电吗
它隐喻的是一种怎样的禀赋和血性

倾听雷声
无法入眠
在发散的思维空间里，隐约
听到婴儿一阵紧似一阵的哭声
开始响彻

2011.11.22

辗轧而过的雷声

轰隆隆的雷声滚过
沉闷而又绵长
像冲破地壳的挤压
像撕破天庭的牢笼
压抑后的舒缓，依旧
　带有挣扎的阵痛

雷声响过
天体的运行呈现出暖色
生命酝酿勃发
思想渴望灵动
燕子呢喃而来
迎春在风中开花
冰封消融的驳裂之声
激活沉寂的土地，释放出

元气升腾的自然之力

该来的一定会来
该去的注定会去
规律不因为羸弱而折返
逻辑不因为强暴而改变
当天空的雷声嘶哑着滚过
所有的阴暗与寒冷，都开始
惊悚地退却与消隐

无疑，雷声
是一种摧枯拉朽的音频
而亿万黎民心音的宣泄，胜似
辗轧而过的雷声

2018.02.26

独饮苍茫中的美丽和孤寂

又一次走上高原
不是我笨重的躯体
是我在月光下游走的灵魂

高原上没有树木
我站在那儿就成为一棵树
树的思想树的感情
却无法体悟草世界的心绪

雪山静默在远方
放射出银色的冷光
叫不出名字的繁花贴紧地面
铺出起伏绵延的斑斓

经幡在风中摇动

指引着神鹰的方向
大团的云朵悬挂在高空
让星光更亮让天宇更蓝

远处天高地阔
近处有雪山淌下的河水凛冽
风把牛粪风干后的气息漫卷
让神界拥有了尘世的温暖

灵魂独上高原
因为自由无羁
因为超凡脱俗
如一棵不和谐的树
独饮苍茫中的美丽和孤寂

2016. 04. 27

很难断定自己是否渴望燃烧

不知道主人去哪里了
一支香烟躺在灰缸上独自燃烧
升腾的烟雾是它的灵魂
留下的烟灰是它残存的记忆
未燃烧的部分则深刻地思考
陷于一种生与死纠葛的缠绕

一阵风吹来，掀动窗帘
也把飘摇的灵魂吹得无影无踪
细琐的记忆散落在四周随随便便的位置
表现得肤浅而又苍白

假如我是一支香烟
很难断定自己是否渴望燃烧
我的灵魂将在哪里栖息安歇

谁的火柴能照亮我生命的隧道
思考的状态很迷茫
留下的记忆，瞬间
  释放在有与无的哲学里

2014.03.24

既无标题又不规则的联想

并不是因为谦虚而选择匍匐
在绿色的草丛抑或裸露的土地
蛇的身体在扭动中滑行
机警而不动声色
内敛而沉着从容
偶尔昂起的头颅充满敌意
嘶嘶响着抽动的芯子，则释放出
　阴险的恶毒

由此
我想到了封建皇宫里的太监
对上是细声慢语的应答
对下是阴阳怪气的责骂
他们被阉的是裆中物
表现的是娘娘腔

他们在有阳光的日子里失落自己
他们在灰色的心境里寻找自己
变化的是身体
变态的是灵魂

由此
我想到哈巴狗和哈巴狗式的人群
它们擅于摇尾乞怜
它们擅于翻滚讨欢
而对于自己的同类
它们更擅于龇牙咧嘴
撒尿划界

由此
我又想到一位放鸭人
他认为鸭子的行走彰显了自信
他认为鸭子的群体体现了秩序
所以，在鸭子的后面
他亦步亦趋
终于成为双腿罗圈的放鸭人
而混迹于鸭群的白鹤
在放鸭人的调教下

步履蹒跚

也仿佛具有了鸭子的基因

2012.12.10

麻木已经成为一种常态的存在

冰封江河的时候
世界是寂静的
河边的蒲草芦苇乃至柳树
在枯萎萧条中失去了色彩也失去了声音
抑或它们压根儿只有气息没有声音
过去的聒噪都是风掠过后的吵闹
激情的青蛙蛤蟆冬眠了
在河边窥视的鱼鹰野鸭都飞走了
季节，以独裁的形式
　完成了玲珑剔透的覆盖
河流，在无奈的压抑中
　实现了更大的沉默

冰河解冻的时候
世界仍然是寂静的

一切都是沉默的状态
没有人能听到冰块消融的声音
迎春无声地开放
海棠孤芳自赏
那种骇人肝胆的驳裂之声
静默的山鬼水神听到了
水中的鱼儿泥螺听到了
但它们既没有对阳光表达敬意
也无意对自由表达诚心
它们已经习惯沉默
在沉默中僵硬在沉默中柔软
麻木已经成为一种常态的存在

2016.03.06

不如意的状态

怀疑自己是否已经变态
是否能够和谐于社会的定义之外
渴望像一滴雨水渗透于泥土
沿着根系进入植物的身体
却僵硬地在岩石上裸体跌落
像决然赴死的英雄
痛且悲壮，甚至
找不到迸裂的碎片

肝火太盛
如不受节制的狂犬
在体内左突右冲
当自卑穿上了自信的道袍
抑或自尊掩盖了自馁的肤色
理性绑架道德

情绪强奸心态
血压升高
心律失常
思维如失去舵手的帆船
开始在汪洋里无目的地飘摇

这是一个周期性的表演
烦躁　血腥
如女人约与不约的月经

2016. 03. 12

没有人能摆脱抛物线轨迹的羁绊

相信世界有因果
每一个人的运程有轮回
所以我经常把各种因素聚合
用圆的形式图解四季
也用圆的形式演绎苦乐
哲人说这契合了太极的镜像
在运动中起点往往就是终点
终点也往往就是起点

现在，我已经浓缩了对世界对人生的理解
我把圆简化为半圆
更准确地说定位为抛物线
一切的一切
都具有生命的起与止
都具有速度的快与慢

都具有状态的动与静
都具有色泽的浓与淡
它们都有一个高度
它们都有两个端点
端点与端点之间
塞满了春夏秋冬与苦辣酸甜

或长或短
或高或低
没有人能摆脱抛物线的羁绊
在这个固化的轨迹上
巨大的流量在快速涌动
泛滥着悲喜交加的恩怨情感

2015.10.17

匆忙之间

没有预演
一切都像自然发生的
合乎生活的规律
合乎社会的逻辑
不经意的一次驻足
就踏进了看不见的漩涡

当忙碌的身影穿行于白昼
人就是漂浮在河流上的一片叶子
流动的阳光偶尔洒落在身上
断断续续的感觉
像春天冷风中尚未开放的花朵

当一盏又一盏的灯光点亮了黑夜
黑夜的翅膀再也罩不住静谧

诱惑的滑音隐隐约约
欲望的精灵或暗或明
行进中的人
仿佛脚下在飞

河水在河床里流动
河水漫过河堤就肆虐为汪洋
所有的河床都希望循规蹈矩
所有的河水都探头探脑想冲决堤防
唯有土地无边无语
洼处是河床
高处是堤防
唯有流动是生命的征象
高处是起点
低处是方向

2013.11.18

每一个空间都堆满了灰色的涂料

天父地母交合
创造万物并育养万物

名花异草五谷
珠宝奇珍祥瑞
枯枝败柳鱼鳖
魑魅魍魉鬼神
生物的世界泛滥
有机的土壤肥沃

如果我们把心胸比作宇宙
里面贮存的未必都是阳光
高原的厚重山岭的峻峭
海洋的辽阔湖泊的沉静
河水的流淌树木的阴影

交易的功利信仰的执着
它们都在一个酱缸里发酵
让穷理尽性落寞
让恕而容过张扬
过程充满了厮杀消融
结局指向于庸常无奈

昼夜分割日月明灭
阴阳交融晨昏守望
感性徐徐上升
理性缓缓下降
而搅动混沌状态的魔棒
则是老庄为与不为的思想

于是，理想主义照耀纯粹之镜
现实主义耕耘腐殖之土
酱缸里继续争论榴梿与臭豆腐的气息
每一个空间都堆满了灰色的涂料

2016.05.10

穿透胸腹的月光

行走了一万年的月亮是不知疲倦的
每个崭新的夜晚都是如约而来的
风刮过
雨落过
现与不现
见与不见
都随你的情思与情缘

在旷野里看月
在丛林里看月
看弦月也看满月
看蚀月也看晕月
千江有水千江月
纵不语悲欢
各惦念恩怨

月待闺阁
本非善变
弱光如水
亦无冷暖
几多思虑愁绪
只因胸腹贮满了
　可言不可言的机缘

2016.03.22

膨胀的鬼魂渴望去飞

不懂星座
不懂周易六十四卦
可我善于读心
我听到许多人说要去飞
可我知道他们的善心已经死了
灵魂化为一张白纸
即使展开翅膀也是一架纸糊的飞机

失去自重的灵魂没有一点血色
滑行的轨迹呈现降落的态势
它们甚至无法选择一个干净葱茏的地方
因为一些人的灵魂叫鬼魂
已经习惯于在浊气中游移

行尸走肉并不可怕

可怕的是膨胀的鬼魂渴望去飞
欲望
让一些人灵魂出窍
如隐形的苍蝇
听不见嗡嗡的声音
但传播着腐烂的病因

2015.10.02

救　赎

魂灵提着纸糊的灯笼
跌跌撞撞
在空旷冰冷的原野上游走
魂灵要找一个清净的地方
盘腿打坐
实现心灵的救赎

然而，魂灵失却了方向
脚步沉重如铅
厚重的积业让他无法解脱
阴间竟觅不到救赎的空间

寒星挂在高远的天空
释放出因果守恒的定律
风撕扯着落寞的树枝

发出带着哭音的追问

当初呢

当初呢

2009.12.15

在夜色里游走

又是深夜极静的时分
游走
则刚刚开始

形体是孤独的
意识是自由的
正如一根竹竿挑着一具道袍
　在夜色里移动
没有限行线
没有红绿灯
旷野多大
自由的领地就有多大

很难把孤独和自由拴在一起
但它们就是一对孪生兄弟

裸露的土地和葳蕤的原野都是平台
朦胧的夜色和散淡的星光都是背景
此刻，没有什么能羁绊自己
闹市的声音已经消失
窥视的眼睛已经关闭
我挺直胸脯告诉自己
我不是假我
我是这片土地的主人
我更是我自己的主人

我已经进入通感的境界
周身产生一种神奇的幻觉
耳朵听不见一丝尘世的声响
却听到了冥冥之中的万千虫鸣
眼睛看不到百步以外的景物
却看到了各种神异影像的灵动
什么都可以想
什么都可以不想
崇高与猥琐
精神与肉体
在天地之间生生死死
是概念也是实体

游走，近乎无意识
却更接近生命的本质
我想寻找大地神秘的琴弦
让清风拂过山峦
弹拨出若隐若现的世道真音
　和自然之韵

2016.04.14

在深夜游走的灵魂

夜深人静
月明星稀
空气中隐约有一种声音穿过

是千千万万个灵魂游走的声音
他们跌跌撞撞
赤身裸体
在主人的梦境里脱身

灵魂们始终感觉冤屈
因为他们永远背负着善与恶的胎记
他们选择在夏夜里放松
他们选择在月光下沐浴
卸下了欲望的包袱
尘世的浊气即使短暂离去，已经

让他们舒展和幸福

灵魂们的形体影影绰绰
他们与草木对话
他们与露水嬉戏
他们的走动撩起一种隐约的声音
仿佛要透露长期压抑的秘密

此刻
各种各样的居室
各种各样的床榻
形形色色的肉体睡眠着
他们不知道灵魂已经出逃
无意识的躯体仍在追名逐利
有的淌着贪婪的口水
有的把狐假虎威的鼾声，艰难地
隆起

2012.07.09

清醒与混沌

一个朦胧的点旋转着
脑海的混沌状态越来越清晰
它变成一条射线
摇摆着划出一个又一个界面
它翻滚着折叠自己
构成棱角分明却并不规则的图案
它在僻静的角落里捡起陈年往事
拂去厚积的灰尘
仔细辨认故事发生的行踪与脉络
在交叉的十字路口
它无意中迷失了自己的方向
沿着一行深深浅浅的脚印
故事自然地过渡到当下的状态
紧张而又毫无意义的工作节奏
复杂而又玄妙的人事关系

一个情节接着一个情节
一个故事连着一个故事
烦躁的故事尚未尘埃落定
多变的图形又开始旋转
在旋转中释放出一曲跟着一曲的歌声

失眠者的夜晚苍茫而又漫长
失眠者的意识似脱轨的星星四处游走
搜索引擎观照每一个记忆空间
排列组合冲刷浆洗每一个情景单元
不自觉地陷于思考的烦恼
无节制地陷于清醒的痛苦
休而不闲
睡而不眠
浓雾一样的思维无谓地流动堆积
弥漫了强迫症流行的夜晚和黎明

有多少人该混沌的时候清醒
有多少人该明白的时候糊涂
医生告诫，经常失眠是一种病症
症状在冲动浮躁的社会里开始蔓延

2009.12.08

子夜时分

子夜时分
晨昏在默契地交接
阴阳在旋转中融合
此时半梦半醒
意识的精灵在混沌中滑行
推窗远眺
星汉灿烂
山岳苍黛
不经意间看见心形的灵魂
　赤身裸体浮出夜的水面

比想象的丑陋
而且有些猥琐
我不能容忍，白天
道貌岸然的躯体

如何让小丑在缠绵中附身

没有灵魂的躯体是行尸走肉
被小丑附身的躯体注定为蛊虫所害
灵魂与躯体的合谋
正如酷暑弥漫的瘴气
袅袅如雾
垂下一条自缢的纱幔
显露不动声色暗杀的心机

子夜时分
作为一个客体
极为隐私地观照灵魂
躯体有些僵硬
背上冷汗横流

2012.07.19

静

子夜以后
静，像一张无形的网
笼罩一切影影绰绰的物象
满月抑或玄月，独自
沉浮于稀疏的云层
像或睁或闭的眼睛
淡然而又机警地窥视沉寂的城郭

此刻，天地交融
世界正卸去浓妆
有的人与神合体
有的人与鬼在谈生意
更多的众生则疲惫地睡去
鼾声响起
他们甚至来不及裸体，来不及

做一个梦中的自由者

淘洗世界

掩埋世界

静

像无声的潮汐

2017.06.17

学会独处

我喜欢独处
一个人选择一处安静的空间
消费如水一样漫溢的时光

看树枝发芽花苞绽开
听秋霜降落黄叶飘零
看大雁划过天空排成人形
听蝈蝈喧闹如世间嘈杂
感时
恨别
想与不想
任儒释道的风尘兀自起落
泗水东行
青牛西去
悟空八戒们也尽管去降妖伏魔

独处的阳光透彻
独处的月光空灵
独处而不孤
气闲而神定
就像苍鹰背负蓝天拥有自信
就像孔雀梳理羽毛拥有彩屏
给肉体一段放松的时间
给灵魂一方游走的绿地
与四季的律动契合
与阴阳的盈亏交融
且听风的絮叨雷的暗喻
滋养纯粹的精神清奇的骨骼

独处
仰观天象俯察地理
心可以无限大
心可以无限小

2017.07.17

不死的灵魂

纷纷攘攘地飘洒
以梨花的形状蝴蝶的舞姿
只是天色有些灰暗
远山有些迷蒙
让久违的降雪少了些浪漫和明亮

而室内墙壁上的油画，依然
气韵生动
白桦树高高站立
草原铺向远方
早晨的天空充满亮色
它们对室外的变化没有一丝儿感觉

静谧的空间，隐约
　听到羊儿的鸣叫

凄厉，带着彻骨的寒意

回望
案几上摆放的羊头骨
正呈现出呐喊的模样

（动物亦有不死的魂魄
它们灵动于多维的空间
充盈着对生命的祈望）

2018.01.27

遇见影影绰绰的魂灵

月光妖冶
如踩着蛇的脊背而来
有风，向远处游动
仿佛要拧干时间的水分

隐约看到跌跌撞撞的影子
猜想今夜将有故事发生
它们来自左边丘陵上的坟地
不知道将演绎什么骇人的剧情

毛孔渗出冷汗
心中却期望情节跌宕
然而影子们只是走来飘去
每一个都像寂寞的黑色衣袍

他们是墓中人的灵魂
一直被厚重的泥土和黑暗压抑
他们出来放风喘气
释放淤积的憋屈与潮湿

他们其实并不可怕
前世也许都是平凡的农人
阴间消磨了他们优秀的品质
墓穴也罩住了他们可能的戾气

影影绰绰地来
影影绰绰地去
他们似乎无意于人间的一切
悄然存在于自由的夜色

2017.08.27

深夜，听到灵异的声音

深夜
又是极静的时刻
风停止了流动
树叶停止了摇曳
近处，只有钟表的声音
有节奏地踏踏走过

隐约听到了一种声音
一种来自遥远的玄妙世界的声音
它不刺激耳鼓
却直接搅动脑海
如一万只蝉儿隐匿在一起鸣唱
如一万台机器的齿轮旋转，在
　金属上火星飞溅地切割

这种声音让人变得渺小
就像洞悉了地球在太空运行的信息
抑或进入了另一个灵异的世界
听到山川野风的呼啸峡谷的瀑响
听到千千万万个灵魂如俗人一样
　喧嚣吵嚷

俗世的功利让多少人绷紧了神经
静如处子
动如脱兔
一张张淡定的面容下，覆盖了
　火的灼烤血的觊觎
即使在深夜
即使在阴间
都没有停止暗处涌动的窥视

不知道这种深夜的声音
是隐匿中的清晰，还是
　明朗中的模糊
是来自遥远的它界，还是
　发自主观的内心
我想问所有的人，您是否

也听到了这无解的混响
是否听出了这混响的弦外之韵

2017. 06. 06

不能脱俗的心境

又一次面临晋升的机遇
又一次具有了失重的感觉

本来是脚踏实地的
本来是内心充盈的
因为欲望的蛊惑
因为周围密布的机心
没有听到公开的咆哮厮杀
却看到了暗处的刀光鞭影
渗出的血液熏腥了空气
自己坠入飘浮的云层里

周边堆积着浓厚的云雾
但没有可以依托之物
我想寻找阳光的温热

迷茫中又陷于更深的混沌

我开始迈动软弱的双腿
在虚空的世界深一脚浅一脚
　挪行
命运在冥冥中左右摇摆
延续着似知未知的日程

在云朵上悬浮
走进入世的门扉，忘记
　出世的窗户
当希望与失望缠绕
　紧张而无力
当自卑与自尊纠结
　失控而无助

2017.06.07

立躯体以为旗

我的思想
一些奇怪的念头
一些悬思冥想
一些如云絮一样的情绪
都是从笔下流淌出来的

可是
我的笔很长时间没有启用了
笔头枯涩
在空白的纸张上几乎留不下
　明显的墨迹

楷草隶篆
写的是皮囊
传的是风骨

而我的笔端仿佛插入荒漠
记录不下绿洲的生机

是生命日渐衰微
能量正在耗尽
还是心灵打上了锈蚀的枷锁
关闭的门窗遮蔽了温暖的阳光

隐约听到一种神谕
呼吸吐纳
动静有常
放下所能放下的
担当应当担当的

于是，我知道
立躯体以为旗
笔端自有溢出的精血

2017.08.03

一种阴冷与恶毒

一种阴冷与恶毒
在暗处潜藏着
如蛇狡猾地窥视目标
准备随时喷射出死亡的汁液

这不是神经质的第六感觉
它是一种真实的存在，来自于
隐匿处看不见的弓箭
它们悄无声息地把你锁定为靶心
而且，弩弓的旁边
码放着一堆锋利的箭镞

弓箭不会自动发射
作为嗜血的工具，它
不与任何人结仇

它忠诚地执行主人的命令
却不干预主人杀人的动机

暗箭难防
更难防的是射者莫名的仇恨
他们把自己伪装成隐形人
致命一击
异常冷血

2017.08.08

有一种冷与硬

一种硬度
而且附带着一些冷意
充盈于你与我对视的眼神儿

我的举止没有失礼
内心更没有冒犯的故意
我的谦和没有消融的能力
这种冷与硬，如一把苍白的冰刀
直直地戳到我的心里

我必须回头审视自己
寻找甚至检讨可能存在的过失
可是，时光的脚印斑驳陆离
一地鸡毛飞过
地上只留下几片卷曲的黄叶

是我的影子冲撞了你的影子
还是脱落的头屑击打了你的前额
你的敌意只可意会不可言传
就像逃脱肛门的气体，无形
却给嗅觉强烈的刺激

抬头仰望天空
天是蓝的阳光是暖的
河流在流淌树梢在摇曳
山楂苹果正在树上膨大糖化
玉米谷子正在田野循规蹈矩地成熟
顿悟，有一种冷与硬
是一些莫名的因素对自然的抗拒
是一些莠草与落果对成熟的妒忌

2017.09.26

偷窥之眼

一只壁虎趴在窗户上
貌似机警却掩饰不住猥琐
它探头探脑
凸显出一双窥视的眼睛

幸亏我在读书
读主旋律之书
没有做什么苟且龌龊之事

假如我此刻放浪形骸
有不检点的行为正在进行
则又幸亏壁虎没有一双
　人的眼睛

其实

安知暗处没有潜伏的眼睛
壁虎，就不是某些人
　丑陋的化身

2018.04.03

人心，更可能被伪装

在镜头中锁定目标
由于聚焦和稳定的原因
快门闪过
成像往往是虚化的

在镜头中锁定的目标
由于角度和距离的原因
快门闪过
成像的差异是巨大的

认识一个人
就说把他看透了
貌似很自信
其实很自负

相机会受制约
人心更可能被涂色
况且你既不是照相机
更不是通灵者

2018.04.07

我的灵魂附身于一只幸福的羔羊

我嗅到了浓郁的草木气息

正是农历的六月天
即使是城市的深夜
也如卸了妆的资深女人
松弛于喧嚣退去的安静
松弛于光与影的或明或暗

倘若在农村
金黄的麦子该收割完了
玉米刚刚长出绿苗
花生棵和地瓜蔓正呈现蓬勃
这时节知了尚未钻出地面
青蛙早已过了求偶繁殖的季节
农事，进入了一个短暂的休闲期

无论在城市还是农村
六月的夜晚都开始弥漫草木的气息
喧嚣的人流早已隐退
聒噪却不知疲倦的机械停止了轰鸣
即使是一些野性的动物和温和的畜禽
　也开始了睡眠
而草木的气息却丝丝缕缕
如烟似雾
如泣如诉

草木的气息是为静谧和安详而生
它是一个盘桓于天地之间的灵魂
存在于无形
游动于自然
在夜的形式和夜的内容里游走
袒露出一片拘谨而羞怯的素心

此刻
我的灵魂附身于一只幸福的羔羊
我想把草木的气息充盈在心里
却不小心碰落了叶子上晶莹的露水

2014.07.19

我只想做一条普通的鱼儿

曲高和寡
高处不胜寒
姑且不去理会这些所谓的借口
心中只默念着风光无限
默念着天堂圣地
默念着峰峦叠翠的祥云缭绕
相信本能与宿命，然后
生命的轨迹会有所改变吗

倘若天空的彩虹垂下一条云梯
你有勇气有能力攀缘而上吗

风可以把蒲公英的种子带上高原
洁白的降落伞却不能再度繁衍
河流把高山的沙粒冲入大海

跌跌撞撞一路悲壮却注解平凡
墙角的苦菜花清苦一生
大田里的向日葵热烈一生
苦也过程
香也过程
它们都在阅风品雨
灵魂却各自安居心中

候鸟练就强健的翅膀
留鸟搭建温暖的窝棚
蛰伏的可以冬眠
翱翔的拥有蓝天
而我只想做一条普通的鱼儿
游动在一处不冻的水湾

2017.07.09

潜伏者

打马而行穿过四季的山野
阳光随意地拉远拉近我信步由缰的影子

影子陪我听开花的声音听落叶的声音
影子陪我看鸟儿飞翔的姿态
影子仿佛永远是低调的
始终是我不离不弃的奴婢

无论是严寒的冬日
还是炎热的夏季
影子既不觉得热也不觉得冷
影子即使有天大的委屈
也从不说一句倾诉的话语

影子逆来顺受

却始终进入不了我的意识和身体
因为它是你身边的潜伏者 .
当你陷于阴暗的境地
影子必定是弃你而去的叛徒

2015.09.07

经常被自己的影子惊扰

影子
每天都与你结伴同行
它没有痛感神经
也没有附体的魂灵

日月星辰的光芒
乃至斑斓的灯光与摇曳的烛照
都见证过影子的动与静
或正直坦荡
或苟且猥琐
永远在沉默又仿佛一直在诉说

夜深人静的时候
我经常听到自己心跳的声音
或紧张急促透着焦虑愤懑的气息

或自然平和释放出清风一枝的宁静
这时候影子如纠缠的雾与霾
形态诡异
一会儿是天使
一会儿是魔鬼

影子不善于伪装
已经习惯于变态与变形
低头环顾
人经常被自己的影子惊扰

2015.12.22

欲望，发端于美丽的设计

时值黄昏
我的灵魂躲在有些灰暗的角落
仿佛在喁喁独语

而阳光正透过云的缝隙
烧出晚霞的诡异

草地碧绿
有着田园独具的静谧
此刻，我欲望的花包袱
从唯美的天空款款落下
虽薄如蝉翼
却依然渴望捕捉到什么

一只灵魂的猫快速地从脑际闪过

没有记住它的颜色
也没有记住它的眼睛是快乐还是抑郁
只知道它的爪子掠过地面
仿佛是为了逮一只自由的蚂蚱
无意中却走出一个梅花图案
且没有一丝一毫的声响

2014.10.29

天空总有猩红的鲜血落下

天空慢慢黑暗下来

蛰伏在洞穴以及百年老屋的蝙蝠
抖动着黑色的双翼开始飞翔
夜色掩盖了丑陋的形体
它们三五成群
在低矮的空中划出一个又一个
　自信的弧度

不知道世间有蝴蝶美丽的舞蹈
不知道世间有苍鹰高远的盘旋
蝙蝠以黑色为美
蝙蝠以滑行为傲
蝙蝠以自足的心态打造出
　一个狭隘的舞台

而此刻
猫头鹰蹲守在遒劲的树枝上
机警的耳朵已经竖起
黄褐色的眼睛透出一丝冷气
尖利的爪子掩饰不住激动
正准备螳螂捕蝉黄雀在后的瞬间一击

时间是你的
空间是你的
当视野与能力局限于你
一切往往都是暂时的

于是
每天晚上都有蝙蝠做出生与死的挣扎
天空总有猩红的鲜血落下

2014. 08. 12

穿过八百年的原始森林

相较于八百年前的阳光与青葱
低纬度的原始森林已经浓荫蔽日
呈现出一片阴暗凝重的气息

这是何等的苍凉与悲壮
一棵又一棵数抱粗的松树
　折倒于岁月的蹉跎之中
树皮已经腐烂
树梢已经消失
粗壮的躯体上长满潮湿的青苔
也有绿色的藤萝覆盖过来
仿佛要掩饰曾经的惨烈与疼痛
它们东倒西歪
因为不能承受生命之重，不能
　放弃尊严的挺拔

在某个不确定的日子
如突遭枪击的战士，猝不及防
　轰然倒下

曾经
千万棵松树肩并肩一起生长
在阳光雨露与电闪雷鸣中相互守望
而今站立者阅尽沧桑风烛残年
倒下者长眠于此注释沉默

而在另一个地域
八百年后的原始森林
榕树的世界依然蓬勃
它们手挽着手根连着根
树干长出根须根须又长成树干
它们拉拉扯扯勾肩搭背
丧失了世俗社会的伦理与道德
它们虽然拥挤但共同茂盛
它们虽然烦琐但仍在共同地活着

穿过八百年的原始森林
经历崇高与世俗

经历死亡与存在
我想为松树和榕树贴上
　不同价值观的标签
但莽莽林海波涛涌动
呼啸而过的都是纯朴自然的风声

2014.06.10

被膨化了的种子不再是种子

正如祖祖辈辈延续下来的人类
每个人都有自己的血脉谱系
一粒玉米或谷子有幸作为种子
必定有它的父亲母亲和祖辈
遗憾的是作为作物的种子
既未曾与父母相见
也不能与儿孙谋面

于是，种子的心境开始悲哀
种子厌烦了单调而又平实的生命演化
种子渴望一种有声有色的生命
当听到一声嘶哑的召唤
一抔玉米种子，在欲望的勃起中
决绝地走进爆米花旋转的炉膛

种子感受到了空气的憋闷与炽热
种子刚有了后悔的念头就失去知觉
仿佛是一声庆典的礼炮，宣告
转型的成功
种子在瞬间释放了自己
种子在瞬间辉煌了自己
种子带着一种食品的香味
丰满放大了自己

爆米花渴望新生
而被膨化了的种子不再是种子
春天的土地里，即使
雨水再丰沛田野再肥沃
爆米花也长不出一叶新绿

2013.12.21

在蘑菇的身边长成大树

浓荫蔽日
地上绿色的苔藓弥漫出潮湿
树干拥挤着树干
藤萝交织着藤萝
原始森林里笼罩着阴森的气息

一段又一段老朽的树木倒在地上腐烂
它们的躯体上长出黑色、褐色或白色的蘑菇
蘑菇默默地生长
蘑菇默默地干枯
蘑菇的生长无声无息
而那一根根站立的半截树桩
悲壮得犹如不肯倒下的战士

森林的缝隙里长满依附的茅草

如蛇的藤萝扭曲着寻找骨骼
它们躲避着雨雪风霜却哀哀怨怨
它们面黄肌瘦却无可奈何
因为牵手的树冠垄断了温暖的阳光
却把阴影永远地披在它们的身上

灵魂仿生于柔软的茅草
气血匍匐如攀缘的藤萝
在原始的森林里艰难地穿行
我惊讶尘世的风情已经蔓延到这里
我想在蘑菇的身边长成大树
但不知道悲壮的身心，将如何忍受
　孤寂

2012.03.01

松树的种子

缺乏崇高的土地
悲情产生于参照物的隐匿

各种姿态的草们拥挤在一起
盘错的根系在土壤里拉拉扯扯
它们有的长着细长的茎蔓
它们有的长着宽宽的叶片
也有的善于装扮自己
把絮状的躯体交给风的信使

正是夏秋之交的季节
原野充盈着蓬勃的气息
有名字的草无名字的草
能开花的草不能开花的草
在月光下幸福地聚会

快乐地享受天地施予的恩惠

远处传来唧唧的虫鸣
近处有刺猬在羞涩地调情
回想起白天有蝴蝶和蚂蚱掠过
草们禁不住集体自慰随风陶醉

一株草娇声娇气地领诵
万株草齐声协力地应和
草的世界多么庞大
草的生活多么温情
现在最时髦的词儿是草根
我们不再怯懦我们不再平庸

谁都没有注意春天有苍鹰滑过
嘴角曾遗落下一颗红松树的种子
它在草棵的根部承接地气
滋润的身体已经长出细细的嫩绿

2011.11.08

树不语，风也不语

正像鸟儿热爱蓝天
很多很多的人喜欢鸟儿

喜欢鸟儿的人们不是阶级兄弟
他们的喜爱充满巨大差异

喜欢声音的人沉醉于清丽的婉转
喜欢飞翔的人把梦想寄托于划动的翅膀

然而，麻雀不在唱鸟之列
聒噪的乌鸦不在唱鸟之列

蓬间雀也不在翔鸟之列
啄吃腐尸的秃鹫也不在翔鸟之列

在很多人的意识里
它们可能压根儿就不是鸟儿

它们是鸟儿的异类
异类的非完美功能异化了人们的思想

是心态强奸了常识
还是常识覆盖了一层灰色的记忆

树不语
风也不语

2015.09.15

关于轻

云朵能把你托起
雪花就能把你埋葬
生命，就是白色的粉末
在波涛汹涌的峰谷间壮丽抑或平淡

一只工蜂乃至一群工蜂
它们有形而上的追求吗
蚂蚁在适合的季节忙忙碌碌
仿佛在思考着同一个问题

如果灵魂与肉体分离
最先腐烂的未必是躯壳
如果灵魂不死作漂移运动
不知道它们选择夜晚还是白昼

礁石在倔强地抗争
沙滩在耐心地吸附
潮汐过后还是潮汐
远处则永远是一片平静的汪洋

大道至简
大味必淡
又有一阵微风刮过
卷起一地岁月的柳絮和名利的鸡毛

2014.08.25

嚣张与沉静

有的时候，我并不认为
花儿的盛开是展示一种美
在主观上它可能是释放一种嚣张
如果这种花尚不能结出丁点果实
则无异于妓女扭动的裙摆
艳丽，却流于恶俗的招摇

开放，是你的权利
从花瓣到花蕊
花朵的基因却往往透露着机心
有浓艳的有素雅的
有芳香的有异味的
更多的花朵默默无闻
但它们都燃烧着热烈
享受着自慰后高潮的来临

高潮是短暂的
所以花期也是短暂的
唯有籽实在阳光的抚慰下成熟
过程是绿叶掩映下的挣扎
结局是瓜熟蒂落后的沉静

2015.10.07

让思想去飞

如果我的翅膀折断了
而心依然在滑翔
我将如何翻越崎岖绵远的路程

如果霜降已经来临冬雪正在积蓄
心中却桃花微开春意正浓
我将从哪个邮箱发出爱情的呼吸

如果外面的世界已经黑暗下来
而内心的烛光依然闪亮
我将点燃哪个边角烧毁整个天幕

在这个生态变幻的林子里
做一只候鸟还是做一只留鸟
我常常陷于基因与思维的纠结

冰封的江河仍然有鱼儿在游
被铲断的蚯蚓会独立为两条生命
我隐约听到了让思想去飞的心音

2015.02.20

岁月的雕刀不曾停歇

在潜意识里
我们经常犯常识性的错误
把相对应的关系理解为对立
比如阳光与夜色

我喜爱阳光
但更迷恋夜色
夜色并不等于黑暗
夜色中有天体或明或淡的星光
它们穿越亿万年的时空飞奔而来
诗意饱满却理性从容
沉潜含蓄却真实自然
夜色中有树影婆娑山形微茫
尘世的喧嚣暂时降落
此起彼伏的虫鸣彰显世界的安宁

此刻，萤火虫提着灯笼
猫头鹰立起耳朵
飞出古刹的蝙蝠自由自在
注释禅意的溪水正随意地顺岸流动

夜色，是阳光翻转的界面
静谧之中宇宙仿佛慢下来了
但岁月的雕刀没有一刻停歇
它白天塑造形体
晚上锉刻灵魂
只是让渐起的风声，掩盖了
　清醒与混沌

2016.01.11

心中刮起真实的风

风沙漫过
当摇动的树影趋于静止
阴霾的天空，便绽放出
　湛蓝的亮色

更多的人不喜欢风暴
仿佛尘埃是风运来的
仿佛阴云是风卷来的
其实雨露也是风送来的
阴沉沉的天乃至阴沉沉的心境
也是被风送走的

神游八极
又是夜深人静的时候
我想操一张古琴

弹出思接天地的心音
琴是素琴
有形而无弦
有韵而无声
那就借陶潜在月光下穿越的灵魂
弹出米酒的芬芳
弹出菊花的暗香

当然，也弹心灰意冷
也弹春心萌动
弹浊世的酸腐
弹芙蓉的洁净
弹心若止水
弹电闪雷鸣
弹得空灵丝丝缕缕
弹得沉实悲悲戚戚
弹得烟花三月愁肠百结
弹得大江东去泪雨滂沱

在夜色的覆盖下
什么都可以想
什么都可以不想

如果心中刮起了真实的风
那就睁一只眼睛
看窗外的树梢，如何
　摇动

2016.05.27

活在自己的世界

土地因为卑贱
所以能够承载一切
土地因为宽厚
所以能够分解消纳一切

寻找一块没有污染的土地并不容易
未必肥沃，但一定要酸碱平衡
未必平坦，但一定要微生物活跃
而且要有干净的河流淌过
抑或附近有盛满清水的机井或湖泊
在这样的地方我们开垦种植
杨树柳树种在土地的外围
桃树杏树种在土地的田埂地堰
然后，在网格状的田园种植玉米高粱
也间或种上大豆芋头花生和地瓜

最后，在自己的门前栽上蜡梅和毛竹
让南来北往的季节感受精神的风骨
由此，我们在劳动中建成了自己的田园
在阳光温暖的触摸当中
我们亲近土地
在雨露湿润的滋养当中
土地奉献果实

这种农耕式的生活
涵养在很多乌托邦之人的梦想里
他们并不想真正地出力流汗
他们的思想浮云般游荡在天空
期望找到一方宁静朴实，找到一块
　可以歇脚的地方

一些人因为自闭孤独而游离社会
一些人因为无条件开放而失去自重
迷失与被迷失
在陀螺一样旋转的风俗里演化
让春夏的记忆失色
让秋冬的感觉恍惚

建立自己的庄园
多么浪漫而又理性的抉择
活在自己的世界
寻找归宿的梦想如星星次第闪烁
而把庄园的庄稼和花草树木移栽到内心
成活的道路又是多么遥远和崎岖

2012. 12. 18

下意识的一个眼神儿

在阳光穿过的玻璃窗前
相互盯着眼睛观望
然后招手，说你好
再然后
我们会坦然交流吗
也许，但我会很慎重

我看到了你眼神中的游移与躲闪
你我只是邂逅
并没有太多的渊源
是本能源于错误的直觉
还是内心产生了颠倒的镜像
看品相你也是个厚道之人
为什么让我产生了抗拒的距离

此刻，阳光温暖
没有保留地照在我们的身上
清茶冒着热气
咖啡散发着苦香
但我们都在内心封闭了一块暗室
脸上却装点着皮笑肉不笑的模样

如果是晚上
我们可能沿着湖边结伴而行
可能会谈很多
可能会走很远
我们会不自觉地把彼此当作自己的影子
因为孤独会使人靠拢，况且
夜色中我看不到你的眼睛

你的游移让我游移
你的躲闪让我躲闪
下意识的一个眼神儿
垒砌起一道看不见的断崖

2015.12.07

俗眼近看天葬台

苍天低矮
高原寥廓
经幡密集
空气稀薄
在接近天的地方
神秘的天葬台更像一个景点
肃然却不寂寞

我为好奇和困惑而来
我看到天空有秃鹫盘旋
它们在觊觎着切碎的肉块和带血的肝脏
我看到台子上有敲碎的腿骨和脑壳
旁边摆放着刀和斧
刀和斧沉默着一动不动
冷冷地释放着孤独和杀气

我寻找天堂的入口
却遇见了世俗的恐怖
去天堂的路似乎并不遥远
天葬台就是最后的跳板

今生的皮囊如果是有罪之躯
天葬则是最后的一次修行
遗憾的是修行不能依靠自己完成
尚需要刀斧与秃鹫助自己一程

2015. 11. 12

寺院一会儿远一会儿近

极静

弯月挂在天上
独照清冷的寺院
几枝竹影婆娑
如三笔两抹的淡墨

寺院的僧人睡了吗
他们浪费了多少顿悟的禅机
一声接着一声的虫鸣
虽然轻声慢语
却注释着天籁的圣经

渴望沏一壶清茶伴一地月光
与僧人论道谈经

跟随自己的影子行走
躯体仿佛也变得轻盈
突然一声猫头鹰的嘶鸣
让周边有了悬疑的灵动

寺院开始一会儿远一会儿近
一会儿清晰一会儿模糊
想到了千年以前的贾岛
推敲的不是紧闭的门扉
琢磨的是犹豫不决的心境

不知道是否有勇气
去打开寺院并不沉重的门闩

2015.04.03

佛魔一念

头颅、躯干与双脚
被灵魂和思想裹挟着
成为一个又一个有灵性的生命
从此，行走的人与睡眠的人
都有两个影子跟随自己
一个是善心慈目的佛
一个是凶神恶煞的魔
佛与魔的影子经常叠加
混合为一个社会的怪胎存在

合久必分
分久必合
佛与魔我中有你你中有我
出门向西有菩提
佛表现为人

出门向东有瘴气
人体现为魔
站在门口旋转九圈
分不清东南西北
分不清自己是佛还是魔

佛魔一念
人有时是佛
但经常是魔
佛魔各坐一端
天平左倾右斜

2013.02.22

很多人都是养蛊高手

在充盈神秘底蕴和迷幻色彩的湘西
传说蛊是一条虫子
虫子养在地下的器皿里
集百毒而添恶性
纳百邪而生妖气
没有人知道它的形状
没有人知道它的颜色
但人人都知道有养蛊之人
人人都知道蛊毒和蛊惑的厉害

天空下着蒙蒙细雨
漂浮的雾霭仿佛弥漫的瘴气
在喧嚣的都市和嘈杂的乡村
我闻到一种铜锈的气息
我看到很多人的脸上表情诡异

有的紧张焦虑充满渴望和私欲
有的自谓清高用颓废无为掩盖着觊觎
游移的眼睛里不时飘过蛊虫的影子
却少有人道破其中的玄机

据民间方志记载
被蛊虫所毒所惑
就打开了灾难的门扉
蛊来无踪去无影
蛊折磨自己远胜于阴险的仇敌
从南方到北方
诧异于一张又一张莫测高深的脸
我问张三问李四你中蛊了吗
他们都摇头问什么是蛊

心脏是一个器皿
头颅也是一个器皿
很多人把蛊养在了器皿里
竟然
不自知

2013. 01. 15

打开行囊的封口

背负的行囊太重
迈动的脚步总丈量不出真实的距离
我们把时间过多地消耗在抱怨和喘息里
却忽略了向日葵花开籽实的幸福

有时我们也去做推拿按摩
希望理顺有些滞涩的经络气血
然而放松者已经放松
沉重者仍然沉重

有一天夜里我在梦游中出走
悄悄地打开行囊的封口
里边竟只有一本厚厚的账簿
上面写满了欲望膨胀的叠加过程

2012. 02. 16

一切又将以基本分子的形式存在

同一种材质
形体的不同，决定
命运的不同
比如圆柱体的钢用来顶梁
拉长的钢丝则注定是缠绕之物

当我从建筑工地走过
看到横的竖的粗的细的钢筋复杂交织
而冷血的混凝土正准备堆压沉积
想到它们在黑暗中无法呐喊的命运
意识便流向在社会底层拥挤嘈杂的人们

这个世界
阳光照耀南北
土地滋养东西

晴好的时候风轻云淡充满青草的气息
晦暗的时候危机四伏隐现蛇鼠的影子
而蝼蚁们始终忙忙碌碌
它们只在乎土壤的温度与湿度
却从不关心钢的厚度与长度
由此，我想到了钢的氧化与疲劳

在分工存在等级存在的社会
不同的形态就是价值与尊严的标题
而穿过悠长的时间隧道，进入
一种循环归真的状态
一切又将以基本分子的形式存在

2013. 06. 02

触摸岁月的无常与生命的真实

夏天的叶子泛着鲜亮的光泽
它们在闷热潮湿的环境里蓬勃
叶子们在阳光与风的作用下招摇
让繁华充盈让茂盛撒野

夏天的叶子无意识地遮挡着树的躯干
它们甚至忘却了根系的存在
站在高处让目光从树的顶部蜿蜒走过
葱郁的蒸腾之中顿生出悬浮的感觉

张扬热烈的叶子本身并没有错误
它们如人的毛发生长在自己的位置
它们拥有自己的使命
拥有属于自己的思想与表达

而我却总是莫名地陷于忧虑
想起落叶飘零冬日的枝条在风中呜呜作响
想起残雪消融之后裸露的土地
仿佛触摸到岁月的无常与生命的真实

2013.06.03

在现实与浪漫的夹缝里

上班的路上堵车
工作的过程烦琐
灵魂出窍时暧昧
养儿育女时窘迫
在这个平凡的社会，看来
　我只能做一个现实主义者

真想做一个散淡的人
　约二三诗友品茶
　同四五文朋弄墨
宁静的时候看天上的云远了近了
孤独的时候看盆景真了假了
然而，我真的做不到

我就是契诃夫笔下的小公务员

灵魂被附体
思想被打结
纵是心中想着一百个情人
纵是想穿过整个世界去睡你
却迈不出腿上的脚

走在现实和浪漫的夹缝里
理想犹如小脚女人的绣花鞋
光鲜的是外表
痛苦的是脚趾

2015.09.08

错 位

一个人裸睡在自己的房间
不管他（她）是男人还是女人
比如我
门户紧闭
厚重的窗帘也已经拉上
被子盖与不盖取决于季节的温度
裸睡的人没有担心与不担心

一群人在澡堂里沐浴搓背
不管他（她）们是男人还是女人
比如我的同事
皮肤苍白刺眼
私处夸张暴露
内心羞不羞怯取决于思维的防护
裸体的人没有拘谨与不拘谨

昨夜大约两点四十
我在睡眠中开始梦游
来到碧绿的菜地
听高一声低一声自由的蛙鼓
记不住自己有没有穿衣
只感觉漆黑的夜里有一束奔放的追光
照彻憋闷的心里

今天我一如既往地上班
西装革履扎了一条鲜艳的领带
办公室墙体壁立空气安静
第六感觉却捕捉到周围有偷窥的目光
它们阴冷的力量要撕开我的衣裳
暴露裤子的前裆掀起上衣的后背
我紧紧地裹住了两只交叉的胳膊
试图压住内心莫名的恐慌
晴朗的天空　瞬间晦暗

我不知道这种感觉正不正常
只知道前半生跨进紧张玄奥的职场
后半生正在无意识地盲目跟进

像一条失去知觉的左腿，跟着
　另一条左冲右突的右腿

2014.03.18

失重之人

从物理学的角度
世间没有失重之人

而在社会学的视野里
失重之人不是一个人
不是少数人
他们是一群人

他们如失去牵引的氢气球
摇摇晃晃飘浮在空中
因为悬空的高度不同
他们之间既封闭又沟通

失重之人目空一切
都认为自己底蕴深厚

上帝说他们是迷途的羔羊
对方位失去了判断
对感觉失去了概念

他们即使摔得鼻青脸肿
也继续沉湎于自慰的梦游

2016.01.28

新桃园结义

天下熙熙
地上攘攘
桃园的僻静之处
又走来三个结义之人

磕头作揖
歃血为盟
然犹嫌不足
三碗酒后
各自抽取一根肋骨
插地为证
立此为誓

半年之后
插地的肋骨

一根长成铮铮的树干
一根长成匍匐的藤蔓
另一根，则发黑变枯
成为一截被风化的标本

2016. 01. 21

一支铅笔的梦游

夜深人静的时刻
肉体、精神乃至潜意识
本能表现得比欲望更加充分

当人们在鼾声中次第睡去
一支铅笔朦胧中在写字台上立起
驻足在洁白的 A4 纸上
如梦游者走上空荡荡的舞台

窗外的月光宁静如水
空气中弥漫着生动的湿润
铅笔本能地认为该写点什么
但只记得北方挺拔的松树
　和高挑俊美的白桦林
只记得树枝上栖息着优雅的鹭鸶

　和机警中来回奔走的梅花鹿
铅笔想把这一切都描绘下来
但来自内心的悲伤
　像潮水一样覆盖了过来

铅笔又一次嗅到了纸张的木质气味
死亡的气息层层逼近
煮豆燃豆萁的感觉突然萦绕于心

铅笔本能地停止了梦游的状态
它把自己站立成枯死的树桩
然后从窗外捡起一片哀伤的月光

月光似鹭鸶遗留下的白色羽毛
悲情地洒落在树桩的周围

2013.10.20

关于行走

鸡在行走
鸭子在行走
黄鼬和野狸也在行走
狗和猫在行走
牛和羊在行走
老虎和金钱豹也在行走
每种动物的行走都有自己的特点
它们的特点缘于生存的习性

或步履匆匆
或左顾右盼
每一个活着的人都在行走
行走使人的身后留下歪歪斜斜的影子
人的行走不仅仅是脚步的移动
其实是一种态度的选择和生活的节奏

行走的状态裹挟着思想
体现着那一刻心灵的冷暖与湿度
像狼狐一样游弋
像鹅鸭一样蹒跚
或磊落或猥琐，每个人的行走
都能在动物界找到仿生的影子

也有一些人腿脚健全
却丧失了行走的思维和功能
他们习惯了匍匐爬行
如冰凉的草蛇
在人丛里涎着笑脸，不停地
　滑动

2011.12.29

路线问题

二者之间的距离
以直线为最短
这是常识
写在教科书里
也镶嵌在人们的经验里

从 A 地到 B 地
有多条路可以走
在徒步的时代
人们翻山越岭选择最近的路径
在以车代步的日子
人们宁愿绕行五十华里的公路
现在人们正在开掘隧道
希望凿出一条原本不存在的路

路线问题是个敏感问题
在具体的选择中却非常清晰
没有人怀疑自己的选择
因为你的选择切合了你自己的实际

而在欲望堆积的社会
人们却往往陷于路线的争执
不是因为方向与路况
而是因为人都有控制别人选择的意识

2012.07.06

穿 越

一

从 A 站到 B 站
跨过平原高原丘陵隧道和桥梁
火车扭捏着长长的腰身呼啸而过
穿越，使大片庄稼和树木向后倾倒
匍匐成崇敬跪拜的姿态
穿越，使方向实践为路线
使目的地蜿蜒成钢轨连接的距离

二

精虫逃出阴囊穿越黑暗的精索
又在黑暗的阴道里与卵子会合
然后蹦蹦跳跳住进子宫蛰伏

等待穿越血腥的生命之门
穿越，使阴阳交媾融合
萌生出生生不息的骨血
穿越，使崎岖与黑暗成为永远的过去

三

穿越，并不一定是一直向前的
有时候我们穿越历史走回坑坑洼洼的年代
在函谷关我们寻找老聃走失的青牛
在尼山的缓坡我们捡拾尘落的礼乐余韵
穿越，使跋涉的步履蹒跚
穿越，使炼狱的心灵厚重
穿越，使飞翔的翅膀给力丰满的羽毛更轻

四

星辰在苍茫浩渺的宇宙里穿越
人生在纷攘喧哗的尘世里穿越
从无到有
从今世到来生
穿越的姿态多种多样

穿越，是在时空里行走的一个过程
是如影随形的一种宿命

五

无论是动物还是植物
甚至是冷冷的铁和坚硬的岩石
都期待着痛并快乐地穿越
它们推推搡搡地行走
它们苦思冥想地穿越
脚步已经启动
却经常陷于此岸与彼岸的困境

2012.01.30

交　易

一

作为名词
交易的形象很世俗
作为动词
交易的含义很实际

名词的交易贬损在人们的意识里
动词的交易行进在人们的血管里

二

超市的交易明码标价
集市的交易随行就市
也有缺斤短两

也有讨价还价
但人们共同约定一个秩序
嘈杂里隐匿着双方的公理

人市里或许冷静
人们不动声色地布局温柔的陷阱
犹如江面上凸显的漩涡
凶险却不留一点声音

三

两只鸡换一只鹅
三只鹅换一只羊
以物易物的交易
成就淳朴的方便和需求

货币作为交易的支付尺度
毛孔里就开始注入奸诈的基因
它们在金融的河床上流淌
涌动出一股芳香又涌动出一股血腥

当肉体与权力参与交易

亢奋的欲望燃烧出焦煳的气息
交易的结果是灵魂的泯灭　抑或
是生命丑陋的交割

然而
交易的过程一如注射催生的激素
在阳光下平静
在黑暗里诡异

四

叶片接受阳光进行光合
花粉在蜜蜂的吸纳中完成婚姻
也有鹊巢鸠占
也有将虫卵寄生他处的繁衍
交易仿佛无处不在
交易有各种生存的状态

交易　场面上需要度量衡
交易　实际上存在潜规则

五

无利不起早
交易有输赢

有的人每天都在拨打算盘
进行或明或暗的买卖
有的人一生都在坚守
持续增值一种有价值的人生

所以
市场苟苟且且
人头上下攒动
不管晴天阴天
社会都在翘首定盘之星

2012.02.07

水　碗

陶碗
瓷碗
铁碗
金碗
碗里盛上了水

抑或半碗
抑或满碗
碗放在几案上
碗不动
水亦不动

端起碗
手动
碗动

水亦动
即使手不动
碗亦动
水亦动
因为手不动
心在动

2011.12.25

古怪的精灵

蹦蹦跳跳
一个古怪的精灵来到我的面前
眼睛一眨一眨的
鼻子一抽一抽的
方形的嘴唇嚅动着
他说我们做朋友吧
然后就跳进我的口袋里去了

然后
我的心开始内热
莫名的躁动使我亢奋
我惊讶
这是何方神圣
撩拨欲望
魅力四射

却又像经年的老古董

低头看时
满地都是空荡荡的钱包
它们神色暧昧
它们气喘吁吁
它们起伏的腹部
发出咕噜咕噜饥饿的声音

2011.12.19

生死两茫茫

这个日月轮回的世界
每天都有人死去
每天都有人降生
死去的人往往来不及叹息
就去了永远回不来的远方
降生的人都用撕心裂肺的哭声
或嘹亮或喑哑
向世界宣告生命的开始

芸芸众生的舞台上
谁能界定生命的性质
正襟危坐的正剧
冤情连绵的悲剧
抑或荒诞搞笑的喜剧
都仿佛拥有了闹剧的帷幕

它们叠加上演
剧情跌宕却没有明确的边际

每个人的生命都与一条河流相似
从青葱而勇敢的初次开始
到从容而淡定的末次结束
生有生的理由
死有死的意义
将死的人希望冥冥中再生
降生的人却一刻也不愿意死去
犹如一根长长的绳索
中间系满了疙疙瘩瘩的过节
却再也焊接不起冷热不均的两端

唯有
当一些光芒渗透了岁月的铠甲
世俗而残缺的人生，才开始
渐渐有了沉淀的暖意

2011.11.03

天地良心

苍穹高远
风刮不落漫天的繁星
土地敦厚
雪融化不了坚硬的岩石
因为天是天
因为地是地
而天地之间的事物却总是变幻
变幻得常常让人无奈心酸

当天空习惯了灰暗
长满了岩石的土地习惯了沉默
当一条河流习惯了
缓慢，迟钝，冷清乃至酸腐的异味
还有谁在畏天
还有谁在敬地

还有谁在感人

在现代化的车马行中
一个古老的声音沧桑而孤独

风雪一阵又一阵地刮过
刮跑了世间的天地良心

2011.11.05

阳光灿烂的日子

确实，对面楼上与我平行的房间
镶嵌着两个宽大的窗户
它们引起我的注意
是因为它们黑暗着
窗帘未曾拉开
灯光未曾闪亮
就像一个年轻人弄瞎了一双眼睛

不知道房子的主人是谁
也不知道这两个窗户还要黑暗多久
我猜想这两个房间是否演绎了什么故事
高潮已经过去
现在归于静止

可能温情脉脉

可能惊心动魄
厚重的窗帘如一个世纪的雾障
把一切生动关闭在盛满黑的屋子里

如果房子是一个生命体
那它的心海一定是死水一潭
我没有偷窥他人的毛病
阴郁的日子几乎想不起它们
但在阳光灿烂的日子
在月光如水虫声呢喃的日子
总忍不住看那窗户几眼

2013.06.04

生活其实很简单

风停了
雨并没有歇
雨丝很细
感觉像雨又像雾

这个世界原本嘈杂喧哗
天地之间拥挤着名利的碰撞和追逐
而此刻
偌大的玉函山公墓
呈现出安谧和秩序
松柏更加青葱
墓碑都睁着清醒的眼睛
千千万万个灵魂静卧着
仿佛都在禅悟平等的意义

天空偶尔有一两只鸟儿滑过
昭示出思想的差异与灵动
站在刚修建的墓穴前
想到出生、成长与死亡
想到工作、吃饭与睡眠
想到高高烟囱里飘出的那道白烟
感到生活其实很简单
如同画一个圈
从起点到原点
无非圈大圈小
圈圆还是不圆

于是
我简单地为自己
选择了一个将来的位置

2013.06.12

把孤独制成一种治病的药丸

遒劲的根须
把自己深埋地下
它们在黑暗中摸索吸纳
一生却不说一句话
根须听到了叶子的喧哗
想到秋后的日子
忧患从内心而起
仿佛看到变黄的叶子在风中
　正一片一片落下

苍鹰在高空翱翔
滑行的翅膀抒写一种高贵
它仿佛从不结伴而行
俯视苍茫的世界
似乎一直在寻找自己的影子

苍鹰听到了鸟林里的合唱
苍鹰也看到雁阵一字飞过
它只把锋利的爪子又一次收缩
时刻准备捕获的瞬间一搏

孤独不是每一个人都能享受的
孤独的空间独立而又理性
孤独，丰厚了根须的生命
孤独，升华了苍鹰的灵魂
在这尘世上，喧哗是轻浮的
而安静和孤独，都沉在了夜色里

真想把孤独制成一种治病的药丸
在雨后的空明中，拉开
审视尘世的距离

2012.02.24

世界正在脱缰

人为财死
鸟为食亡
宇宙中如流星雨飞过的明刀暗箭
纷纷坠落于欲望升起的不平凡之地

没有人知道中原大地之下，埋藏了
　几层城郭
古代方砖是青色的
古人尸骨是白色的
大悲剧如洪水漫过之后
更大的悲剧又如更大的洪水漫过
侥幸是一道迈不过去的坎
短视是一条走不完的路

一只鸟儿跌落了
如一滴雨水渗透干涸的土地

一个人的呼吸停止了
如风折断了向日葵的头颅
没有多少人注意他们演绎的过程
就像没有多少人研究太阳为什么升起
　月亮为什么降落

如果亡人们拥挤的灵魂能被人发现
他们是否会齐声发出凄厉的呐喊
整个人类都进入了一个快的时代
快速地攫取
快速地享受
而且快得不择手段
像不停止的陀螺
陷于欲壑难填的循环

技术淘汰技术
技术撬动道义的轨迹
冥冥之中没有制动刹车的闸门
世界正在脱缰
列车呼啸而过
远方不知是天堂还是地狱

2015.09.07

在脑门上凿出一只洞眼

股市　房市　文凭　GDP 的泡沫
如啤酒节的喧嚣如舞台释放的干冰
从看不见的地方诞生
像涌浪一样，簇拥着
一波连着一波
扩散到有礁石没礁石的岸边
扩散到有脚印没脚印的沙滩

这些泡沫并不能及时地消失
它们伴随着喧哗与浮躁甚嚣尘上
形成影子一样隐形的堆积
它们甚至渗透进人的皮囊
在人的脑海泛滥
演化为一种膨胀的基因一种思维的定式

一群又一群的人失去理性
为了营造一种缥缈的红晕
他们甚至把肋骨一根一根地拔下
插成旗杆的模样
且庄重地行着自慰的注目礼
眼前仿佛有姹紫嫣红的影子招展，生动
却掩饰不了日渐佝偻的腰身

真想在脑门上凿出一个洞眼
释放一些虚妄
抑或引上一根棉线，点亮
如豆的火苗
燃烧蓄积的骄戾

2018.06.23

都市心境

抬起头颅把目光从液晶屏幕上收回
扭动颈椎听见骨节发出咔嚓咔嚓的声音
有疲惫从心底涌起
大朵飘浮的云团开始从远处飞向脑际
此刻，窗外的天空呈现出阴霾的状态
空气里到处充满了汽车尾气的滋味
再看一下电脑里的图文格式
突然发现画面幻化成绿叶掩盖的骷髅

城市在喧闹声中变宽
城市在堵塞当中长高
一双双紧巴巴追赶的脚充满了欲望
一张张急匆匆闪过的脸绷紧着神经
你问我问他问，工作快乐吗
快乐不经意间上升到哲学的高度

偶然想到叮当响着的啤酒灌装车间
每一个瓶子都引颈在履带上倾轧拥挤
谁都改变不了总体的运动方向
谁都逃脱不了内心冲压膨胀的熬煎
真担心若干年以后，呆头呆脑
你我都变成只有躯体没有思想的啤酒瓶子

2010.01.08

继续上演着创造废墟的历史

残墙断壁
破砖碎瓦
废墟，以其独有的形态
承接散乱的阳光与掠过的微风

时间洒落一地
沉淀为厚厚的浮土
城堡　酒窖　橄榄枝　青苹果
战马　军刀　斗牛士　长裙女
一切都如纷纷坠落的箭矢
消失在漫长的历史隧道里
消失在腥风血雨的瞬间倒塌里

凯旋门尚没有颓废
豪华的庆典仍然在人们心里预演

一条大路惯常地伸向远方
很少有人知道它的来处与去处

遥想旧日的时光
杀声响起
头盔跌落
如花的少女惊慌失措
无助的母亲流离失所
我的头骨即将迸裂
隐约看到铁蹄横扫如滚滚红尘
疆域变幻如纸张上随意的涂鸦
我想还原痛苦的样子幸福的样子
它们却像一对孪生兄弟
胸口都在吧嗒吧嗒淌着
  腥臭的血滴

废墟
有的已经消失
有的得到保护
而时光依然堆积
比如地震　洪水　饥寒
比如政治　战争　智能

它们有形与无形，继续

上演着创造废墟的历史

2018.04.02

因为人拥有一副人的皮囊

人之所以没有被送往屠宰厂
是因为人拥有一副人的皮囊

屠宰　分割　包装　冷冻
一切都是程序化的设定
血腥的杀戮被流水线分解
整洁的环境掩盖了屠刀的阴冷
当我们面对成品的肉与骨头
只有胃液的蠕动而没有内心的怜悯

鸡鸭猪牛都是鲜活的生命
却无法抗诉它们的宿命
从生到死
一个完整的轮回
被人们的食欲压缩为最短的路程

在动物的心肺处理台
我感到了窒息与心悸
想象着人与动物的区别
仿佛有血液正啪嗒啪嗒，从胸腔
跌落到冰凉的水泥地上

2012.07.08

心境抑或心胸

在死寂的古井里投一枚硬币
我听到幽深处叮咚的回声
接纳和被接纳完成鲜明的仪式
拒绝和被拒绝遭遇斗争的过程

向平静的池塘投掷一块经年的瓦当
我看到溅起的浪花不规则地飞扬
激动和快乐托起跳跃的弧线
不满和愤怒则把涟漪激荡

向波涛汹涌的大海抛出一把碎银
坦然的海面仿佛什么都没有发生
远处依然是写意的云卷云舒
近处依然是工笔的潮落潮起

2011.06.22

体验人之将死

孤独
而又精疲力竭
峡谷的岩石嶙峋突兀如鬼影扑朔
流淌的溪水宣泄不停如村妇饶舌
天空繁星闪烁
山风呼啸而过
躺在干净的沙砾上咀嚼死亡
周边竟弥漫出野生的草香

没有什么放不下的
放不下又能怎样呢
功名如烟云飘过
恩怨似冰雪消融
草青了又黄
花谢了又开

如果有来生，此刻
我想到了宽容和善良

犹如一个易碎的容器
抑或陶碗瓷盆
抑或玻璃鱼缸水晶花瓶
没碎的时候
该盛米的盛米
该养鱼的养鱼
一旦碎了就是碎了
再去追究它的质地还有什么意义

此刻
偌大的峡谷都属于我
虫鸣为我合奏
月光为我婆娑
没有人与我争锋
我也不与别人争锋
真想把这份静谧赠与友人，甚至
赠与曾经的仇敌
然而，我已无能为力

其实
赠与不赠
静谧就存放在那里
只是我们曾经不厌其烦
不厌其烦地搅动了它的过去

2012.03.18

烧制生命之穴

当生命在平常的某一天突然停止
我躺在狭窄的火化炉里接受烧烤
疼和恐惧将如何折磨我
想一想都心悸得几乎窒息
或者我选择逃离
带着僵硬的肉骨潜入坟墓
无边的黑暗将永远包围我
鼠蛇在冬夏也将分工撕咬我
腐烂的躯体将融入蚯蚓和蝼蛄出没的泥土
偶尔有一截腿骨会伸出土层做无谓的探视
生命如一缕轻烟
在浩渺的天空且散且淡
唯有疼
留在自己的实在与虚幻之间

有时候我真想做一只勤劳的工蜂
采摘花粉采摘阳光烧制出温暖的生命之穴
让花香包围自己
让堆积的阳光覆盖自己
让善良的自己在死后作无痛无惧的长眠

2013.01.03

成长的疼痛

伴随着叮叮当当的锻打
铁砧上火红的铁块喷射出四散的火星
火星散落在地面
日积月累
堆积成厚厚的细屑铁末
仿佛铁块洒落下的黑色泪滴
凝结着痛苦与孤独

铁砧上的铁块由红变暗
铁锤的夯击一次重于一次
在铁匠黝黑冷漠的面孔下
铁块脱落下一层又一层黑色的皮肤
剥离的过程撕撕扯扯
挣扎得让人揪心裂肺地疼

铁块在铁匠的手中锻打成镰刀和锄头
铁块在锻打中具有了钢的品性
由此我想到法桐一年四季爆裂的树皮
想到草丛里存留的条纱一样的蛇蜕
它们也都有过撕扯有过疼痛
母体都在撕扯中走向本质走向成熟

撕扯与疼痛未必是一种宿命
却经常是脚下绵延的一个过程

2012.04.12

自由的劳动抑或劳动的尊严

当五一成为一个节日
成为一种休闲的符号
社会的底色就因为失血而苍白

因为背负着巨大的生存压力
劳动
变得沉闷而焦灼

工作着是美丽的
劳动着是幸福的
这似乎是绝对和相对的关系
是一个深邃的哲学问题

有的人一生劳作
抬头看一看天就是幸福了

有的人一生幸福
找一点事来干就是劳作了

在一些熙熙攘攘的都市
马路两边的树木站立着
它们如冷静的思想者，思考
劳动的尊严和价值
而匆忙的人们追逐着生活的节奏
无意识地陷于焦虑和疲劳
一波又一波浮躁的潮汐漫卷过来
很快就把密密麻麻的脚印碾平了
抑或，他们根本就没有留下深深浅浅的脚印
郁闷的空中只堆浮着汗酸的气息

什么时候劳动能像过节一样快乐
什么时候劳动能像月光一样自由

嘈杂的步履又急匆匆地潮汐一样漫过
一群又一群绷紧的脸在漩涡里陷落

2012.05.01

蝼蚁人生

抑或前生站错了队
总有与生俱来的白眼　嘲讽　汗水
　血迹　罚款　疾病包围
妻子的牢骚母亲的病体
孩子的学费父亲的叹息
负面的信息阴郁地堆积在工棚里
我们弯腰劳作
压抑　成匍匐状态

农民工在城市化的嘈杂中建筑
垒起的城墙却把自己挡在了城外
在梦中我和我的群体转世为
　卑微的蝼蛄、蚂蚁和蚯蚓

曾梦想过自己转世为白白胖胖的蚕

有足够的桑叶喂养有干净的空间生长
变蚕为茧
变茧为蛾
把生命的链条运行为白领轮回的流程
然而尘世的锅碗瓢盆
却总是还原蝼蚁们生存的沉重

谁说蝼蚁的生命不期待涅槃
谁说疲劳的社会不渴望喘息
真希望天空闪电过后下场透雨
雨水能够洗濯飘浮的腐浊
真希望雨后的阳光明亮充足
我们都能放松一下紧张的筋骨

2010.07.07

稻草人

问一个很严肃的问题
稻草人是不是人

稻草人不是人，却有
人的形体
而且戴着人的帽子
穿着人的衣服
它们立在谷子地的中间
俨然是庄稼的主人

稻草人是人，却是
稻草的腑脏和木质的骨骼
它们没有思想没有灵魂
有的只是虚张声势的躯体
存在于麻雀的惊恐里

熙熙攘攘的人市里

也晃动着一些道貌岸然的稻草人

他们脾气暴躁架子很大，因为

他们知道很多人已经变异

变异为一群麻雀飞来飞去

2017.08.13

尘埃落定

帷幕慢慢拉开
故事开始上演
生旦净末丑次第登场
有看得见和看不见的剑戟刀枪
有是是非非的离合悲欢
一切都是导演设计好的
一切都像是自然发生的
或悲或喜
亦庄亦谐
结局却是无法省略的
结局有个统一的名字叫尘埃落定

世界上有尘埃吗
尘埃的前生是什么状态
尘埃一定要落定吗

落定的尘埃还是尘埃吗

飘浮的思绪沉淀为思想的厚度
划过的流星在跌落中找到归宿
尘埃是一种状态
尘埃是一个视角
尘埃是有
尘埃是无
尘埃是一个内心纠结的哲学命题

在无限的空间
在有限的时间
万事万物皆尘埃
可以循规蹈矩
孔孟告诫我入世
可以离经叛道
老庄劝导我出世
尘埃终究要落定
如来的菩提树禅悟我洗尘
而你看那些落叶，当年它们也曾
春风得意
如今一地的暗红灰黄

有说不出的忧伤和无奈

呜呼
尘埃落定
循规蹈矩的你舒心吗
尘埃的我欲言又止
离经叛道的你正义吗
尘埃的我回答不出

2011.09.26

丛林规则

换一种角度看世界
用另一种思维读社会
高耸的楼宇变成丛林
穿行的马路淌成河流
偌大的广场演绎草原
连片的棚户区就是沼泽湿地

物竞天择
弱肉强食
人作为动物处在至尊的位置
贪欲使腹腔异常发达
心脏由钢筋弹簧组装
强劲却没有半点温度

人仍然披着原来的皮囊

用斯文的手绢擦拭嘴角的血迹和毛发
如果说悲剧是其他物种的相继灭绝
自身的倾轧就是剧情的延续和深化
没有老虎的皮毛却有老虎的霸道
没有绵羊的心肝却有绵羊的怯懦
区分了阶层的异化人，把进化论诠释得
　段落骨裂
　字符滴血

贪欲充塞脑门
强人的手指嚣张地长出利甲
暴戾震慑天下
大众的视网膜开始次第脱落
礼乐的声响越来越远
法典的章节越来越暗
老者仓颉反思人字的内涵
在千年的地下长吁短叹

2011.08.15

安顿心灵

不记得是哪一天
一颗心突然就癫狂起来
坐卧不安
上蹿下跳
又仿佛裸露于体外
非理性地鲜红充血
无秩序地激动颤抖
敏感地遭受阳光的刺激
遭受风雨的排挤和暗算

诱惑的色彩斑斓明亮
欲望的燃烧噼啪作响
血管和神经接通了高压电流
众多的心如发情的公鹿　集体进入
亢奋状态

休闲和淡然是一种优雅的境界
然而它却往往表现为无奈
到哪里寻找一泓清泉濯洗心灵
到哪里寻找一片草地放牧思想
据说有很多降压缓躁的白色药片
却不能安顿世相下的疯癫狂妄

浮华正虚化世界
功利正扭曲人性
社会开始弥漫焦煳的气息
我看见一颗又一颗心脏燃烧起来

2011.08.14

此岸与彼岸

或繁花似锦蓄积期待
或烟雨朦胧充盈诗意
因为未可知
缠绵的诱惑和蓬松的猜忌
在彼岸的土地上肥沃种植

落叶是芽苞的彼岸
来生是今世的彼岸
左边季节来来往往
右边生命荣荣枯枯
行进的过程轰轰烈烈
如圆规重复既定的圆圈

恍惚之际依然惦念繁华
力竭之时仍在你倾我轧

挣扎，以拼命的状态
你追我赶地驾舟
争先恐后地泅渡
每个人都在驶往彼岸
却发现彼岸又成为此岸

2010. 10. 10

梦境，且近且远

梦境
且近且远
感时花溅泪
恨别鸟惊心
梦境里没有预演和彩排
梦境都处于进行的时态

梦里也有虚伪与欺诈
那是现实世界留下的尾音
梦里的故事曲折离奇
荒诞的包袱里塞满快乐和焦虑

尽管梦里阳光温暖鲜花灿烂
但梦中的情节都泛滥在黑暗的框架内
日月经天

江河行地
昆虫呢喃
蜂蝶振翅
无论梦中的世界如何生动且充满张力
梦醒时分
梦往往只是苍白而又扁平的记忆

覆水难收
这个成语让我想到梦的消失
唯有在梦境里跃马横刀的灵魂
因为赤身裸体
收获了一些草屑和沙粒，以及
　粘在身上的一些荆棘

2012.12.24

渴望南来北往的风穿堂而过

多雨的夏日过后
天空蔚蓝高远
阳光没有经过任何云朵的拦截
开始赤裸地辐射苍茫的原野
树的叶子在蝉声中愈发光鲜
把季节演绎得生机勃勃

然而，这只是属于屋子外面的风景
屋子的门窗只关闭了一个星期
弥漫的霉味就像陈腐了一个世纪
日夜照常更替
房间依然塞满空气
仅仅是缺少了风的流动和人的气息
造物主便创造了异样的景致

我急于寻找心室的钥匙

渴望南来北往的风穿堂而过

2010.09.12

对　接

广袤是一个什么样的概念
寥廓是一种什么样的状态
在月明星稀的夜晚
我幻想把尘世风干的心
碾平为无限伸展的纸张
承接来自空灵的声音和露水

静谧
必须绝对静谧
追求和寻找一种纯粹的境地
情感的闸门与自然沟通
思想的触须与真理对接
纳天地之气
集虫草之韵
臃肿的躯体随过往的风消解

融入微生物活跃的土地

贴近山峦起伏的胸膛
谛听和合状态的宇宙律动
形体逐渐隐去
心地慢慢放大
双手撕扯着把苟且放下
灵魂开始游走于旷达

2010.07.21

明天，叶子还要落在树的根部

一片又一片叶子飘落下来
散乱地跌在公园的土地
叶子的脉络里储满了阳光
呈现出不均衡的金黄
金黄的叶子注定没有忧伤
只是落寞地演绎季节的悲壮

我想阅读风的秘密
用慢镜头回放它弹拨枝条的手指
四季里风的节奏忽快忽慢
枝头的颜色在摇曳中忽明忽暗

叶子密密地趴卧在树的根部
不规则地抒写着对土地的依恋
阳光依旧照射下来

好像在悄悄安慰自己哭泣的孩子

这是我早晨看到的一幕静谧
它写意出自然界本真的故事
叶落归根是一个简单的道理
通俗得没有一点伦理解释

上午，满地的树叶被扫走了
我不知道它们到了什么位置
它们走的时候叶子有没有哭
站立的树该如何把痛藏在心里

秋风在继续弹拨着枝条
明天，飘零的叶子还要落在树的根部

2011.11.17

空空的行囊

肉体匍匐
精神站立
苍茫之间
寥廓之间
我一无所有
我又拥有整个世界

此刻
经幡招展
雪山圣洁
神鹰翱翔于蓝天
远方，有声音缭绕
空灵而且清澈

脚步越走越重

灵魂越来越轻
背负的行囊空空如也
空空的行囊撑开
铺盖干净的地
容装纯粹的天

2013.03.07

雪的下面

纷纷扬扬的雪
飘落了一天一夜

银装素裹
原驰蜡象
诗人在礼赞纯洁的时候
孩子的雪人已经堆出童话世界

可是我分明听到了一种哭的声音
幽怨呜咽
如泣如诉
土地老人孤独地释放着压抑的情怀

没有汪洋恣肆
水以另一种温柔的姿态

把土地无情地强暴了
世界是单一的白
白的下面本该是斑斓的色彩
现在却只有一片沉默的黑

2012.12.25

品　茶

一片两片三片
沉浮中舒展开碧绿的腰身
升腾的热气丝丝缕缕
弥漫的茶香传递温馨

茶是好茶
水是好水
好茶自有品质
好水自有甘洌
但茶具一定要通体透明
能看得见明目提神的茶心

惊讶于唐代陆羽的痴呆
把新鲜的茶经写得烦琐沉闷
普洱的敦厚观音的温润

龙井的暗香毛尖的清纯
因了季节的轮回而独特
因了心境的变化而多情

不紧不慢
不慌不忙
沏一杯不酽不淡的茶
品生活不急不躁的味
我渴望在清纯的环境里行走
拥有一颗素雅的诗道茶心

2009.02

滑行的境界

经常想到飞翔

想到飞翔
不是羡慕鸟儿有一双翅膀
可以飞过山峦和湖泊
可以掠过草原的花海和田野的庄稼
把自己的儿女生养在最安全舒适的地方

想到飞翔
是因为喜欢鸟儿滑行的姿态
即使背负着远方的欲望与诱惑
也有沉静的从容
也有俯视享受的过程

飞翔需要翅膀

但不需要始终舞动搏击
当我意识到滑行是一种美
就发现了内心潜藏的疲惫

又一次仰望鸟儿的滑行
运动中的静态之韵
衬托出我的老态

其实，我已是一个老人
只是未达到滑行的境界

2015. 10. 11

灵魂在故乡

星空迷乱
天河苍茫
深秋的夜晚凝露成霜
在一声两声蟋蟀的叫声里
我听到了故乡的树木在四百公里之外
　落叶的声音

月亮的冷光照着我的独行
也让长长的影子跟着我
在这孤寂之地
长长的影子就是我的姊妹兄弟
此刻
柿子树石榴树的叶子都脱落了
地上沉淀了一层卷曲褪色的日光
树上的果子并没有摘光

两只柿子像灯笼
三只石榴像铃铛
它们挂在故乡的树梢
有些招摇
有些骄傲
仿佛是乡土最鲜明的印章

而我
多像一朵蒲公英
被一阵廉价的风贩卖到城里
虽然找不到自己的二维码
却被真实地注册了商标

突然想到
父亲的坟墓要添几锹黄土
孱弱的母亲要再披件加厚的衣裳
行走在深秋的夜里
身子在城里
灵魂在故乡

2014.11.01

因为河床预设了倾斜的坡度

风之手扯动你的衣角
你无意于风的沧桑和疲惫
你与风没有约定
但你挡了风的去路

阳光沐浴在你的脸上
你仿佛没有半点温情
你与流淌的光线没有牵挂
但你接纳了阳光的行程

那一缕舞动的风
是自然给予你的信使
那一波流淌过的光
是宇宙给予你的馈赠

与你调情的风游走了
将缘分嵌于偶然之中
与你照面的阳光死亡了
把定数存于不经意之间

裸体的河水沿床体自由流动
因为河床预设了倾斜的坡度
在追求与放逐中抉择
机遇有时如流星滑过的痕迹

2009.12.11

鲁迅雕像

额头的皱纹没有舒展
粗黑的八字胡依然倔强
伟大的思想者
用犀利的目光透视灵魂
以最严肃的沉默
忧郁地站成批判之神

阿毛的故事已经传了几代人
穿破衣衫的祥林嫂还在唠叨
阿 Q 被示众后枪毙了
很多人遗憾那个瓜子形的圆
孔乙己脱掉长衫坐下喝酒
闰土却承袭了香炉和烛台
永远有劣根性隐现
永远有悲喜剧上演

哀其不幸怒其不争
您把匕首刺在了历史
　跳动的秒针上

不要粉饰社会
不要粉饰人生
批判是国民的生命
批判是进化的旗帜
谁敢盯着您的眼睛
谁敢正视缤纷的宇宙

1987.08

黑礁石

世界充满神奇
到处都隐藏着哲理
被社会的五光十色眩晕了
我们就走向坚硬瘦削的
　黑礁石

一个不屈的独立者
一个深刻的思想者
黑礁石把生活理解得很朴素
黑礁石沉淀所有漂亮的故事
太阳是父亲
月亮是母亲
阴阳轮转三万年
风浪雕塑礁石礁石雕塑海

黑礁石永远自尊地站立着
黑礁石全身的筋络
是一剂壮骨良药

1987.06

关于栅栏

远处，一簇簇的礁石
黑魆魆地蹲守着
像要捕捉远来的猎物
正在耐心地等待

近处，洁白的沙滩
自然而平静地伸展着
它们从容淡定的心态
已经历练了若干个世纪

太阳正跃出海面
天空喷薄出万道金光
潮汐自由地来去
阵风自由地漫卷
海腥味让宇宙充盈着生机

在沙滩的边沿
立着一道黑色的栅栏
木桩和枝条构成一道屏障
风风雨雨把它们浸成沧桑的模样

栅栏既挡不住风也挡不住浪
栅栏既挡不住飞沙也挡不住鸥鸟的翅膀
这个世界总有人喜欢栅栏
他们不在意是封闭他人还是自己

不知道栅栏是谁人所建
也不知道栅栏建自何年
哪怕栅栏只有象征意义
有的人已经习惯随时随地地架设编织

是一种权力或责任的边界
抑或是一种意志的强势体现
栅栏有形或无形
都已经站立为一道风景

2016.11.27

世间最重要的关山隘口

很多人
很多很多的人
他们说厌烦了人间的世俗与嘈杂
背起行囊走向远方

他们走向崇山峻岭江河湖泊
走向戈壁沙漠古堡废墟
他们发现壮美与崇高，断裂与延续
沿着弧形的天际线，最后
他们寻找到的是一种自我认知
是一种缩放尺的效果
一种源自内心的脆弱与渺小

如果寻求宁静，只需
一方草庵三尺卧榻

半亩菜园五只鸡鸭
再种几株矮竹数排桃花
卧眠望冷月
晨起见暖阳
耳听虫声呢喃
眼观草色青黄
空间愈小心愈踏实
任它风声刮得昏天黑地

世间最险要的关山隘口
都躲藏在颅脑与腑脏之内
很多时候，我们
求之于大得之于小
求之于实得之于虚
没有让探究的眼睛照彻内心
却让膨胀的行囊压弯了脊梁

2017.09.13

关于融入

细雨斜洒
如巧妇细密的针脚，绣在
绵延葱茏的土地上

轻风拂过
柳丝儿飘逸
蒲草与荷叶之上
陡生出烟雨朦胧的景致

或独自而来
或结伴而去
一两把花雨伞逶迤而行
融入缠绵的山岚雾色

而雨水融入土地

抑或进入树木或庄稼的根系
一切都是自然的样子
一切都进行得悄无声息

融入，意味着分解和消纳
意味着成为你的一部分
融入，都有一个过程
往往让慢主宰了变化的节奏

没有谁会留恋雷电统摄下的疾风骤雨
它们摧枯拉朽势如破竹
但洪水过后
呈现的多是一些破败撕裂的样子

2017.09.30

谁来细数开花的时间倾听流水的声音

透过一池静态的纯净之水
透过一团雨后清冽的空气
透过一副明净的水晶镜片
你看到了什么

你看到了水中的绿藻与游鱼
看到了园子里的玉兰凋谢海棠花开
看到了大千世界摇曳的斑斓和沉寂的晦暗
可是你却往往忽略了水
忽略了空气
忽略了离眼睛最近的水晶镜片

每个人都在追求纯粹
纯粹是美好的单一

而单一的世界既不存在更不美好
就像冰封千里的北国雪域
纵有一片白色寒凝大地
也难胜三月里的桃花一枝

山体壮丽于峭拔起伏
花海美丽于色彩差异
天体瑰丽于斗转星移阳光穿过云层
人间绚丽于朝代更迭思想冲破牢笼
一切都在博弈纠结之中
就像岸之于水
就像暗之于光
就像风吹动了树的叶子
就像鹰的翅膀，彰显
天的高度

谁来界定辽阔的宽厚与博大
谁来细数开花的时间倾听流水的声音

阴阳之鱼旋转
清晰簇拥着混沌

2018.03.06

冰封的湖面

冰封的湖面
一种冷的力量让万物沉寂
激荡活跃的水体失去了流动
所有生动的嘴唇都被禁锢
一些水耐守不住寂寞，开始
　在冰下暗自涌动

凛冽的寒风，让固体的水
　沉积更多自信
而阳光只是微微一笑
迎春就在岸边亮出了花的骨朵

冰层仍在不断加厚
而所有的人都知道冰面终将消解
一切都像什么也没有发生

一切的改变，又都在
　悄悄地进行

2018.03.12

冰　钓

两个俄罗斯人
来到冰封的湖面
凿开一个不大的洞口
要进行别有趣味的
　冰钓

他们尚未下钩投饵
黑色的鱼儿就一条一条地
　游出洞口
鱼儿游动的样子，陶醉于
　自由自然的幸福
悠闲
从容
没有半点赴死的恐惧

这是我看到的一段视频
它让我沉默了很久
关于生存的一些状态，开始
　在脑际顽强地萦绕

2018.03.18

鸭子的民主运动

一群鸭子生活在自己的领地
这里有长满芦苇的水塘和宽敞的草地
每天早晨主人都要来到这里
撒下玉米和鱼骨做成的面食

饮食　游泳　享受阳光
鸭子一直过着平静的生活
随着青春期的日日临近
鸭子们开始梳理亮丽的羽毛

鸭子们开始恋爱
鸭子们开始展示风采
鸭子们分成三三两两的帮派
呱呱叫着要形成自己的舆论

抗议场地的周边总围着丝网栅栏
抗议饭食单调生活缺乏有趣的情节
鸭子们寻找尊严和自由的价值
渴望紧密地对接外部的世界

鸭子的声音嘈杂而又亢奋
鸭子的脚步沉着而又自信
鸭子的头颅旗杆一样挺立
鸭子走上了示威的舞台

主人打开栅栏的门扉
请出鸭子的首领去考察环境生态
黄鼬野狗豺狼焦灼地立在远处
目光投射出贪婪和阴森

鸭子们的民主运动就此结束
因为鸭子们再也选不出自己的首领
更多的母鸭子开始安心生蛋
更多的公鸭子被送往市场屠宰

2011. 11. 29

燕子的哲学

去年秋天飞走的燕子
今年春天又飞回来了

燕子去了哪里
哪里就温暖如芬芳的五月

燕子循着记忆跋涉而来
燕子循着温情憧憬而来

燕子从不像狗一样摇尾乞怜
燕子从不像猫一样媚态取宠

燕子的翅膀剪裁阳光
燕子的呢喃滋养温馨

燕子的智慧在于勘察风水
总是把家建在善良的屋檐之下

燕子择邻而居
始终恪守性本善的哲学

2012.05.12

松鼠的果子

松鼠在树上采到一枚果子
欢欢喜喜把全身的皮毛快乐抖动
沿着山坡的绿地蹦蹦跳跳
俨然成为树林里的皇帝

松鼠把果子滚动到河边
让清水洗濯让阳光晾晒
松鼠把果子当作求爱的礼物
兴奋地期望着新娘子的赞美

一孔树洞足以栖身
一枚果子足以忘忧
松鼠没有更多的占有意识
松鼠的快乐源于内心

松鼠的果子是干瘪的
当下的心态把果子浸润得鲜艳欲滴
松鼠的快乐让我叹息
自己的果子该在哪里捡起

2010.01.12

原创歌手

蜘蛛吐丝织网
桑蚕吐丝做茧
蜜蜂纳百花而酿蜜
它们都奉献了自己独有的精神和物质

一把吉他就够了
原创歌手还能有什么呢
生活与生存让他们负重
肉体与精神一起流浪
或粗哑或圆润
特质的嗓音充满渴望或无奈
唯有一腔热血绽放生命
让骚动的灵魂在真诚里燃烧

他们像工蜂

更像桑蚕像蜘蛛，吐丝
　织自己梦想的甘苦
他们唱着喊着就哭了
感情涨潮
是没有堤坝能够挡住眼泪的

鹦鹉的声音婉转多变
但没有人称之为歌手
原创歌手都是苦吟的诗人
他们熬的是生活
耗的是血脉

2014.03.15

在深夜聚拢

审视形成我诗歌的文字
发现在一点一划一撇一捺之间
经常有一种清凉的感觉
那是子夜时分月光潮水一样漫过
留下的记忆

我把文字拢在一起
搭成一堆柴火的模样
我渴望燃烧
希望借助风的力量释放烈焰
哪怕只是瞬间的一次爆响
我也将拥有一份曾经的温暖

而月光总是冷静如初
一遍又一遍地覆盖我的思想

其实
这样挺好
在没有竞争和倾轧的时间里
花开无声花落无意
却有露水悄然入土

2014.11.07

如果诗歌是一棵树

如果诗歌是一棵树
它的幼年是蓬勃向上的
叶芽嫩绿
枝条风情万种
在不同的季节
诗歌树忸怩作态
被风弹拨出不一样的声音

如果诗歌是一棵树
沧桑的树干昭示出壮年的风骨
这时节叶子的喧哗愈来愈轻
粗黑的树皮遮挡了年龄的悬浮

如果诗歌是一棵树
老年以后

它潜藏的根系，远远超出
  树冠覆盖的面积

2014.01.07